03

年級：多蘭市立高中二年級。

社團：戰爭本部社長（大帥）、棋藝社社員。

技能：三寸不爛之舌，擅殺價。懂中、英、日、法四國語言，會拉丁舞、芭蕾舞、彈鋼琴和拉小提琴。

備註：有勇有謀，戰略層面上的大師，相信自己比哥哥要強上百倍。

leader

張玲

member4

江盛遠

年級：多蘭市立高中一年級。

社團：戰爭本部新進社員（極惡變態鬼畜捆綁play蘿莉控淫棍破壞魔王）、圖書館管理員。

技能：各類模型保養、頂尖泡茶技巧、逃跑、偽娘盛子。

備註：在國中時是個只喜歡巨大機械人的中二病少年，所以決心在升上高中後改變自身。

年級：多蘭市立高中二年級。
社團：戰爭本部社員（馬前卒）、手工社副社長。
技能：全市高中生手握力第一、自由搏擊、手工及針線活、讓長輩不自覺地寵愛自己的氣場。
備註：武術少女，戰爭本部的行動派，興趣是做小手工、玩網路遊戲和暴力解決問題。

年級：多蘭市立高中二年級。
社團：戰爭本部社員（軍師）、棋藝社社員。
技能：一目十行、喜好棋類與電玩遊戲、懂得訓練野生貓類、品茶。
備註：隱性宅女，是個高材生，憤怒時會失去理智。師，相信自己比哥哥要強上百倍。

年級：多蘭市立高中二年級。
社團：戰爭本部社員（情報組）、電腦社社員、多蘭市忍者協會常規會員。
技能：跑酷、各類忍者能力、中級駭客技巧、初級泡茶技巧。
備註：總是戴著黑色蒙面面罩，男女莫辨。善長潛入、偵察等任務。

CONTENTS

▼ BEGIN ▼

失格的大帥

人的一生之中，到底有多少時間用來開派對呢？

也許現在的我可以仔細統計一下——

先把所有必須開派對的日子羅列出來，如：新年、聖誕、生日等等，再以完成一個派對所需的時間做樣板，把時間加起來。

正常來說，這樣做可以輕易得出一個學生在派對裡浪費了多少時間。

可是當我統整第一項時，就已經風中凌亂了……

我揉了一下稍稍痛了起來的頭部，試著以另一個角度思考。

參加運動社團的學生在一整個學年中，必定有大約一天二十四個小時是浪費在慶祝比賽勝利，又或是安慰比賽失敗的派對中。

嗯，這聽起來十分正常！

但沒有參加任何社團的學生在一個學年中，就那麼幾個小時是跟朋友和同學一起舉辦派對，像是生日之類的。

如果是沒有參加社團又沒有朋友的話？一個學生在一個學年中，應該就只有大約兩個小時參加班級裡的派對。

整理了那麼多東西的我，最後得出了一個結論：不受歡迎的學生，浪費在派對的時間就越少。

可惜凡事都有例外。

雖然我的朋友很少，僅僅一個。不過，我不幸加入了「戰爭本部」，而且本代的七代目大帥閣下是個十分喜歡派對的女生，所以……

「就算是一個星期連續開派對也絕對沒有問題哦！」

張玲單著眼，伸出舌頭，裝可愛地向我比出一個大姆指。

這模樣可愛得犯規，使我有那麼一刻覺得張玲的話有點道理。她似乎也由邪惡陣營的邪惡軸心變回正義聯盟中的可愛司令。但是理智馬上喚醒我，感覺有這種想法的自己實在太讓人作嘔了……

真的有點想吐。

「沒錯的說！」

作為張玲的忠實支持者，大帥的超級小兵，戰爭本部的最強吉祥物——李靜高興地舉杯回應著。

地點是戰爭本部的社團教室，也是我們私下占據的實驗室。

現在戰爭本部的所有成員包括我，正在進行本星期內的第四個派對。

但這次開派對的原因終於不再是那些奇奇怪怪的事情，反而非常正統——張玲的生日。

那些官冰蕙在運動會期間就在準備，並由我和李靜搬回來的彩球和花紙，正點綴著這間小小的實驗室，看起來色彩繽紛～

「輕咳，先別說派對的問題，現在是唱生日歌的時候！」蜘蛛由實驗室裡的冰箱裡，把一個用巧克力醬在白色奶油上寫著「生日快樂」四個字、用盡剩餘社費買下的極珍貴蛋糕拿了出來。

話說回頭，這東西真的值得盛子用打工兩天的薪資買下嗎？

不就是個有著巧克力醬的奶油蛋糕嘛！

「重點來了的說！」李靜如之前的三個派對一樣，還是十分雀躍的模樣，彷彿有著無盡活力的小跳豆、元氣茄子。

這裡大概就只有江盛遠同學提不起勁。

就在官冰蕙把蠟燭用酒精燈點亮，而我正想關燈之際——

「戰爭本部的各位日安！」

實驗室的大門突然被推開，兩個男生一前一後走進來。

「沒想到我只是離開一段短時間，學生會竟然被你們逼進絕路。」

來到實驗室的不是別人，正是那位遊學完畢的學生會會長張鉚。

在我的記憶中，張鉚是第一次出現在這個實驗室。不過張玲他們焦點都沒放到他的身上，而是放在他身後那個留著和尚頭、像熊一樣高大的男生。

「前大帥……的說！」

「敬禮，前大帥！」

蜘蛛和李靜兩人馬上像小兵見到戰爭英雄一樣打起招呼，而官冰蕙難得地向和尚頭前大帥微笑點頭。

好像是很厲害的人物……

和尚頭前大帥友善的對我們逐一點頭，但當他的視線落到張玲身上時，就變得有點奇怪，像是審視般。

「誒嘻嘻……這是我們最後一次派對～之後會做正事的了，哈哈……」張玲像是被發現做錯事的小孩，一邊搔頭、一邊說道。

大帥張鈴竟然會有這種小女兒姿態？

正當我想說一句「前大帥真威武，快點阻止這個循環展開派對的世界線」之前，前大帥卻完全沒有預警的直接指著張玲大吼——

「妳忘記了初衷、妳失去了本心，妳作為現任大帥——失格！」

啊？

就像我一樣，張玲呆呆地歪了歪頭。

前大帥沒有解釋張玲失格的原因，更沒有給張玲解釋的機會，說完那句話後，就轉身離開了實驗室。

「我的任務也結束了，作為學生會會長的我有把訪客帶走的義務呢～」張鉚微笑著聳聳肩，走的時候還很禮貌地關上門。

……失格？

實驗室中的氣氛變得壓抑，張玲沒拿出平常那種笑笑就算、天掉下來也可以當沒事發生、在絕境裡依然想辦法凝聚大家的領袖氣質……

我吸了口氣，瞬間舉手笑道：「吃、吃蛋糕吧！」

「沒沒、沒錯的說！」李靜為了讓氣氛變得熱鬧起來，跟我一同努力著。

張玲到了這時才回復本來的樣子，哈哈笑了幾聲，開始瘋了起來。

這一刻，我們都以為明天張玲就會忘記這件事，就像以前一樣。可是我們太過低估張鉫送來的這一份「生日禮物」。

▼ Chapter.1 ▼

只有忍者
和力士的暴力世界

「大帥今天應該又請假了。」

在我進實驗室的時候，正在電腦前努力的官冰蕙開口說著。

今天是張玲缺席戰爭本部放學後集會的第三天，本來以為她只是感冒的我也開始覺得奇怪。不過官冰蕙他們三個舊成員沒說什麼，又沒有進行什麼行動，那我只好把張玲的請假當作是真的病了。

反正我這個傢伙不過是小小的跑腿、買四寶飯回來還會惹人討、關心別人會被罵多事、更改作戰計畫沒有人告之……

呵呵，我就僅是個小人物沒錯！

一直在腦內自嘲的我，回過神才發現官冰蕙似乎正瞪著我。

「嗯……？」

官冰蕙微怒道：「沒聽見嗎？」

「哦哦，剛剛恍神了。」

沒把大帥請假真當一回事的我點頭，把書包放到一旁，來到本是放化學品的櫃子前，拿出四套杯子、火柴和酒精燈，開始每天活動的第一個任務：泡茶。

實驗室內的大部用品都是由蜘蛛和我打理，所以我除了是戰爭本部的派對及會議場地負責人（我家）、清潔人員（我家和實驗室）、正面戰鬥員（進行作戰時），還是負責所有有關飲品的吧檯人員（任何地方）。

本來在化身盛子之前，飲品是由在女僕速食店工作的蜘蛛負責。不過，盛子也即是我經過女僕速食店的特訓之後，蜘蛛在泡茶這方面的能力被我趕過，然後被偶然嚐過我出品的張玲直接下令：「以後就由盛子負責飲品的事！」

官冰蕙「切」的一聲，把注意力放回到她的電腦，沒有理會我。

以我在張玲筆記本曾看到的「官冰蕙語正確解讀方法」，她似乎是被我滿不在乎的態度惹毛了。已經對應付「官冰蕙的三十六種方法」了然於胸的我，立即使出對應微怒中官冰蕙的方法——

「今天沖的是大吉嶺哦！」

——茶和杯具必有用！

官冰蕙輕嚐了一口道：「不錯。」

果然如筆記本所說，官冰蕙最喜歡西式紅茶。

看來，現在我也有當智將的潛力，之前特地用社費買下女僕店店長珍藏的紅茶，實在是太有遠見了！

在泡茶的同時我又偷偷看了官冰蕙一眼，因憤怒而有點冷的臉緩和下來，嘴角不自覺地掛著微笑……

哼哼，別小看只能跑腿、泡茶的小人物！

我也是有著我的生存方式～

當所有人的紅茶都沖調好，實驗室的門被暴力推開。

「我們來了的說！」

來的人正是本部的元氣雙馬尾少女李靜，而跟在她身後的是永遠蒙面的蜘蛛無誤。

每次都感覺到門在哀號，真是可憐……

嗯，其實我說的是自己，因為戰爭本部不是正式社團，所以就算門壞了也只能由我們自己修理，而這道門已經被我修理了不下三次。

我強壓下心中的不爽，對進來的兩位成員打招呼：「歡迎～」

「哈哈——」

戰爭本部中，就只有李靜喜歡聽我說「歡迎」的話，因為每次都只有她給我反應……不對，應該說是正面的反應。張玲可是每次都扯些黃色笑話，而官冰蕙和蜘蛛是更可惡的直接無視。

老師不是教導我們有禮走遍天下嗎？就算我們是反對世界意志的戰爭本部，至少也要有基本的禮貌。魔王不是都那樣吐槽嗎？

「今天大帥還是沒有來學校的說。」長短雙馬尾少女李靜雖然還身兼元氣茄子的身分，不過她今天開始的話題明顯沒有了解現在的氣氛。

「點頭，大帥又請病假了。」蜘蛛坐到自己的位置上，盯著我泡的那杯紅茶，感覺帶著某種異樣的情緒……

「皺眉頭，大吉嶺？」蜘蛛轉頭瞄了我一眼問道。

「是的！」我緊張了起來。

蜘蛛今天要脫下面罩嗎？

我深吸了一口氣，一隻手插進口袋裡，握住手機。我江盛遠絕對要拍下這瞬間——蜘蛛脫下面罩的奇蹟！

蜘蛛像是下定決心般吸了一口氣，然後——

拿出吸管。

你只不過是跟之前一樣拿出吸管！為什麼要擺出一副用古老魔法粉碎黑暗力量般凝重的表情！

有時真想不明白蜘蛛這傢伙，到底是哪條神經線沒接上。

雖然看過蜘蛛很多次用吸管喝水和茶，但還是覺得很厲害，因為蜘蛛真的是怎樣都不把面罩拿下！

「唔——好燙的說！」李靜無意識地刷存在感。

而官冰蕙則是很淑女地輕輕吹了吹紅茶，像小貓般輕嚐了一口，才滿意點頭道：「今天放學鐘響就回家吧。」

「我——咳咳咳——！」李靜因為心急說話，忘了自己口中的紅茶而嗆了一口，「知道的說……」

「自卑，明明是同樣的茶葉……」蜘蛛似乎沒有聽到官冰蕙的話，正沉醉在自己的小世界裡。

他那眼神裡的異樣情緒，如果用文字來演繹的話，就是兩個中文字——「不甘」。

前幾天店長告訴我，蜘蛛最近一直在店裡特訓，目的就是為了超越我。不過我的能力是與生俱來的，無法用努力就能超越的。

幾天前我還本著安慰蜘蛛的想法，輕輕拍了一下蜘蛛的肩膀說道：「才能這種事是勉強不來的。」

嗯……結果是我馬上被蜘蛛用關節技和柔道收拾。

最後我發現蜘蛛是個倔強的人，還是個不撞破南牆不甘心的超級倔強的人。

「瞪，盛子妳的秘訣是什麼？」

我搖頭後再擺出最真誠的笑容，說出最正確的答案：「用熱水泡。」

「握拳，盛子什麼時候變得這麼可惡！」蜘蛛咬牙切齒。

我可惡？

怎麼可能！

決定無視蜘蛛的我望了一眼旁邊的官冰蕙，她竟然也在點頭……

除了這些小劇場和作戰行動之外，戰爭本部很多時間都十分自由，大多是各自做各自的事情。例如張玲是看漫畫，李靜是做些小手工，蜘蛛整理些奇怪的文件，官冰蕙是看著她那臺筆記型電腦，我則是完成功課和看小說等等。

「鈴鈴——」代表回家的鈴聲響起。

官冰蕙拍了拍手，把筆記型電腦合上，對我們說道：「今天就到這裡吧。」

「嗯。」

接下來就是各自回家的時間。

如果只看我們在實驗室的活動，戰爭本部不過是一個十分鬆散的社團……

◆◎◆※◆※◆◎◆

又過了一天，我一如既往的在泡茶，而官冰蕙則是安靜地看著她自己的筆記型電腦，螢幕正顯示著一大堆不知道是什麼的英文。

她的一頭黑髮剛好垂到腰際，手指尖繞著髮絲，文靜又淡然的感覺。其實官冰蕙不毒舌的時候，還是很有氣質。

「哎呀！」我因為偷看官冰蕙，馬上就被熱水燙了一下。

官冰蕙轉過頭看向我，「嗯？」

我打著哈哈，一邊將茶倒進杯子，一邊笑道：「沒什麼事。」

「嗯……小心點。」

正所謂日常就是不變的習慣，如果要解釋：當一件怪事不斷在面前發生之後，接下來本來叫作怪事的事，也會變成普通的平常事。

而戰爭本部的日常就是李靜很有元氣又或者叫作暴力的把門推開——

「我們去探病的說～」

「歡……迎？」我本能的打招呼時，聽到李靜的探病宣言，所以尾音自然而然的拉高了一些。

「點頭，我們想去看看大帥。」蜘蛛看著我手中的杯子說道。

感覺蜘蛛大概、應該是對我和官冰蕙說話，而不是對杯子說話吧？

官冰蕙點頭，把筆記型電腦合上，「也好。」

「咳咳……」李靜輕咳了一聲，裝摸作樣地說道：「既然是集體行動，那應該要一個行動代號的說。」

我嘴角不自然地抽搐一下，但我由官冰蕙的臉和蜘蛛的眼神中卻發現「必須的」神色，只好無奈接受。

「因為大帥不在，那由小靜來吧！」官冰蕙說道。

因為官冰蕙是這裡默認的最高權限人物，所以張玲不在的時候，都由她來發號司令。

李靜很神氣地擦了一下鼻子，頭望天花皮，仰角三十度，整個人似「狂霸酷跩戰神龍傲天」一樣說道：「行動代號——寒戰的說！」

「嗯，那就寒戰。」官冰蕙在蜘蛛和我反對之前點頭，把這次行動的名稱定了下來。

果然官冰蕙跟李靜一樣，港產電影看太多！就算是要搞笑，也應該是「行動代號：孫●山」才不會太冷門吧？

「點頭，如果是我也會改孫●山。」

「嗯？」我驚愕，不會是把心裡話說出來的毛病又發作了吧？那李靜和官冰蕙不會把我痛打一頓嗎？

「拍肩，只有我聽力比較好，所以她們沒聽到盛子如同蚊蠅一樣的幼細聲線，放心吧～

盛子！」

感覺如果我聽明白蜘蛛的話就瞬間像大帥般失格，所以我還是不明白！

「有了行動代號，那就要定下計畫！」

官冰蕙似乎因為行動代號的事而完全進入戰時狀態，一旁的馬前卒李靜也開始搖旗吶喊。然而，作為情報人員的蜘蛛更越組代庖的為寒戰行動制定了三個行動目標、四個作戰方案、五項戰時指引……

說笑，不就是探病嗎？

而且張玲是不是真的生病我們也不知道，根本用不著那麼緊張！

如我所料，蜘蛛提出的那些有的沒的，馬上被官冰蕙恥笑而作結。

接著李靜又提出合符她人物屬性的「突擊探病」計畫……聽起來很厲害，不過簡單來說就是現在馬上衝到張玲家去。

這十有八九會撲了個空的計畫自然又被官冰蕙否決……

「盯，盛子？」

「換盛遠的說。」

大概只有我沒有提出任何意見，所以三人一致望過來。

「我覺得還是軍師決定。」識時務者為俊傑，官冰蕙的毒舌我是一點也不想要再承受，立即擺手說道。

官冰蕙點了點頭，然後一家獨大把寒戰行動的兩項先期工作提到了日程表上——撥電話通知張玲和前往水果店買水果。

「您撥的電話號碼暫時未能接通……」

第一項先期工作，官冰蕙用了自己的手機，可是撥了三次之後，都只能聽到電話語音。他們三人沒有放棄，在前往水果店途中，李靜一直都在努力撥張玲的手機號碼。可惜到最後還是未能接通，寒戰的先期行動宣告失敗。

不過，水果店之行卻很順利。由於社費不多，我們只好湊合著買了幾個可以遠離醫生的富士大蘋果，就再次展開探訪的旅程。

到車站之前，我跟官冰蕙三人有了分歧。他們認為與其等三十分鐘的公車，還不如直接走三十五分鐘的路。

無法說服他們的我，只好點頭應是。

走了三十多分鐘，我感覺越來越不對勁，身邊的景物漸漸由城市向著郊野進發，身邊的商店小屋換成了一棵棵大樹，僅有道路出奇的平整。

「大帥到底是住在哪？」

「在郊區的說。」

李靜給出了一個讓我無言的答案……誰不知道是在郊區！現在我們四個人都已經身在郊區了！

手機螢幕上顯示，還有一個半小時天就會黑了。任誰都知道晚上的郊區有可能出現野生動物，儘管這裡沒狼，可是一些野狗也是可能存在，危險指數確實不少。

在我開始擔心的時候，左邊逐漸稀疏的樹林旁現出了一道圍牆……

「那邊就是的說！」李靜指著那一道圍牆，還有因為太遠而成了小米粒一樣的建築物。

那道圍牆包圍著的範圍，應該有一到兩個足球場那麼大。

「那圍牆內裡都是？」我向李靜他們確認的問道。

「沒錯的說。」

雖然我之前已經有種張玲應該是有錢人家千金的感覺，可是當我看到她的家竟然有足球場那麼大的時候，我才發現自己的想像力比貧乏神還要貧乏。

「由大門走到大廳要十分鐘的時間。」官冰蕙似乎十分喜歡看到我驚訝的樣子，開始介紹張玲的家。

只不過——

「對不起，今天二小姐生病，不見任何人。」

大門的保全把我們攔下，幸好他認識官冰蕙，所以就把帥氣的男管家叫了出來，然後他很禮貌地說出了這一句差點讓李靜要捲起袖子揍人的話……

還好蜘蛛和我擋在李靜身前，不讓她前進一步，不然後果很有可能不堪設想。

「可以跟張玲說一聲嗎？我們是她的同學。」官冰蕙一改毒舌的作風，對帥氣管家異常禮貌。

對帥氣的男生就會變得禮貌？對我就呼呼喝喝嗎？差別對待啊！

「對不起，二小姐說過她不見任何人。」

接下來不論我們怎麼威嚇也一樣，帥氣管家依然是不慍不火地拒絕。因為天色已經完全暗下來的關係，我們只好把探病的水果交到管家手上，坐公車回家。

在公車上時，大家臉色十分差，官冰蕙更是一副生人勿近。本以為這事能夠由官冰蕙三人去煩惱的我，也開始感覺到不安。

張玲為什麼不見我們呢？

想了很久，我只能想到是前大帥那句話的關係。

僅僅一句話的威力，竟然那麼巨大……

應該不只我，大概所有戰爭本部的成員都沒想到張玲心中前大帥的分量如此重。

◆◎◆※◆※◆◎◆

「我們來了的說！」

「歡迎。」

「哈哈——嗯？」身為元氣茄子的李靜看到實驗室內只有我一個人的時候，臉上難掩失望的表情，嘟著嘴說道：「軍師沒有出現的說？」

「官冰蕙剛才來過，說是今天開始請假。」我回答。

蜘蛛還是老樣子由李靜身後閃出，但今天沒有馬上拿出吸管品嘗現泡的烏龍茶，而是轉頭向我問道：「直視，軍師有說請假到什麼時候嗎？」

「沒有，怎麼了？」由蜘蛛的話，我嗅到了一絲奇怪。

「嘆氣，那應該是跟大帥一樣。」說罷，蜘蛛掏出吸管，狠狠地吮了一口烏龍茶之後，又帶著不甘的眼神瞪著我。

無視蜘蛛的怨恨，我恍然大悟道：「本來我以為官冰蕙是請一天的假而已……」

「唔——」李靜這個元氣少女聽到蜘蛛和我的話後，馬上沒了元氣，整個人如洩氣皮球般坐在自己的位置上生悶氣。

搖了搖頭，現在戰爭本部剛好失去了兩位最高決策者。因此我試著向他們問道：「今天還是待到鈴聲響起吧？」

「點頭，就這樣好了。」

◆◎◆※◆※◆◎◆

接下來一天過去，兩天過去，然後……

一個星期都過去了。

雖然官冰蕙有上學，可是再沒有來過一次實驗室，而我們的大帥閣下更是失蹤得連影子都沒見過。

「鈴——鈴——」

放學的鈴聲響起，我收拾好自己的書包。

「江同學再見。」

我向那個跟我說再見的男同學揮了揮手，這是入學半年多之後，第一次有同學跟我說再見。雖說這傢伙在班上也是個不受歡迎的人物，為人小氣記仇，還不時客串告密者指證其他同學，不過比起我這個「（前略）魔王」，他在女生中的名聲絕對是比我好一百倍以上。

至於他為什麼會突然向我打招呼呢？

無他，我只是突發奇想幫了他一個小忙：上數學課時，他被發現沒帶課本，我把課本丟給他，再站起來向班導師說自己沒有帶課本。

反正在班導師的課堂上，我這個「（前略）魔王」是不會被她罰站。

在這半年來，我也幫過不少人，這是本能，才沒有特地用這種小恩小惠來打動人心。雖然真正記住恩情的只有他，但我也是在貫徹武士王所教的事情——在別人需要幫忙的時候伸出小小的援手。

「盛遠！」

正前往實驗室路上的我聽到呼喚時愣了一下，這聲音一聽就知道是女生，會在學校大叫出我名字的女生僅有三個，而會在這裡出現的只有一個！

我回過頭，果然是徐曲。

「怎麼了？」

我搔了一下頭，發現身後不只徐曲，她身邊還有幾個女生跟著，其中還包括一頭凶猛野獸——徐詩。

「你這個月的放學時間有空嗎？」

徐曲嘻嘻地笑著，只不過她身邊的幾個女生警戒地瞪著我，暗地裡輕輕拉了一下徐曲。

她們一定知道我那個「（前略）魔王」的惡劣名聲而提醒徐曲要小心我。

反而對我知根知底又被戰爭本部陷害過的徐詩僅是瞪著我，沒有做出任何出格的舉動。至少在我沒進一步舉動之前，她還是保持著可以馬上跳過來，瞬間使出最強武力把我拍成肉餅的備戰狀態。

「別恍神啦～有空嗎？」徐曲對我叫道。

「欸？」我想了想，現在戰爭本部在停擺狀態，如果用這時間幫朋友的話，蜘蛛和李靜應該會答應請假申請才是。

我遲疑了一會點頭道：「時間也是有的……」

——對有需要幫助的人伸出援手正是吾輩的存在意義！

「真好。」徐曲高興地笑了，拍著手，「我要先準備一下，十分鐘之後來禮堂哦！」

說罷，徐曲就帶著她那一群女生朋友，還有那個一直對我警戒又憤怒的徐詩離開。而我轉身離開時，還聽到她們說了幾句有關我的悄悄話——

「為什麼找這個傢伙？」

「就是就是，他是個壞人！」

「是那群誣陷詩姐姐的人之一。」

我算了算，今天應該是徐詩停學後第一天回校，不過因為她被學生會除名，所以現在已經不能看到她和莎菲娜這對一文一武站在校門口耀武揚威。

徐詩跟在妹妹身邊，那麼莎菲娜呢？

突然有種不寒而慄的感覺，只要一想起那個女生，我就馬上害怕起來……

反正她在哪玩都跟我沒有關係，她們是害人終害已。什麼誣陷之類的，如果不是她們先對我們耍陰謀，又怎麼可能會被官冰蕙玩弄呢？

只可惜上次的行動似乎半點也沒能打擊到學生會，新的幹部在張鉚回校的第二天就已經提拔上來，而且每天早上都可以看見她們風騷地在校門處把守。

之前的行動目的？

根本沒有任何作用，我們就算把莎菲娜和徐詩從學生會中踢走，張鉚還是那個可以把學生會辦得井井有條的學生會會長。

學生會是張鉚的學生會，只要他不倒下，根本傷不了核心，馬上可以捲土重來。

最近有聽說老師們之間的傳言，大概是說張鉚遊學回來後，處理學生會事務的效率似乎還有提升，要比之前要高了不止一籌……

不知不覺間我來到實驗室，而蜘蛛和李靜不是這麼早就出現的社員，所以現在還是空無一人。在屬於自己的位置放下書包，再到櫃子拿出兩套杯子，替他們兩位泡了一壺茶。

「我們來了的說！」

李靜和蜘蛛又是同一時間出現。

「歡迎。」

李靜如常嘻嘻哈哈地笑著，看到她這個元氣的樣子，再想起自己剛才答應幫徐曲的忙，心中突然生出愧疚的情緒，感覺自己對李靜和戰爭本部的背叛。

不對……

元氣少女什麼的只是假象！她的真面目可是戰爭本部中最強的戰鬥人員！在我眼中，她可是一拳秒殺飛龍，一腳打倒比蒙的強大存在！

不過，醜媳婦總得見公婆。

「那個……」我把茶杯放到他們前方的桌子上，有點不好意思地說道：「我接下來這個月的放學後都不能來實驗室。」

剛拿起茶杯的李靜一愣，笑臉像是凍僵了一樣，呆滯得連一句話都不懂得回應。這個樣子的李靜我還是第一次見到，臉上的悲哀如同在電影上那些從戰場歸來傷痕累累的戰士，卻聽到家人已經死去的消息。

「確認，盛子是到校園美化社幫忙嗎？」蜘蛛依舊掏出吸管喝茶。

「是是、是的，因為徐曲她那邊很缺人手，所以我又被她抓去當壯丁。如果不行的話，我就馬上去推掉……」我不知所措地擺著手，怕一句不合意就會惹得李靜更生氣。

蜘蛛點頭，同時輕輕拍了拍動也不動的李靜，「點頭，盛子可以去幫忙，反正戰爭本部暫時沒有作戰。」

李靜看了蜘蛛一眼，才轉過頭瞪著我，嘴嘟得老高，就像是胖胖的金魚一樣。這樣的狀態大概過了一世紀那麼長，她才別過頭低聲說道：「……如果戰爭本部作戰的話，就要馬上回來，而且你只可以去一個月的說。」

「是！」

得到李靜和蜘蛛的批准，我堂堂正正地收拾東西離開實驗室，前往跟徐曲約好的禮堂。

這時的我不明白為什麼蜘蛛突然變得那麼好說話，更幫我說服李靜。只不過，想不明白的事不去想，這一向都是我的優點，反正不是一定要知道～

我把那些瑣事拋之腦後。

「這邊。」

來到禮堂的時間好像晚了一點，因為被召集的人都已經圍成了圓圈，只在等我一人。

但是我完全沒有想到這裡僅有我一個男生。不只如此，這些女生中更是大部分對我露出可怕的表情和鄙視的眼神。最後我發現其中不只有認識的徐詩，還有二號和三號女同學——我的兩位同班女同學。

「是……」

在一眾敵視目光之中還能保持平靜的人現實中根本不存在，而我更不可能是那種人，不過既然已經答應幫忙徐曲，所以我只好帶著勇闖黑石山（注：網路遊戲《爐石戰記》裡的關卡名稱）的氣勢，裝作氣定神閒。

在圓圈中，我對著徐詩旁邊一個空著的位置走了過去，至少我對這傢伙知根知底，在大庭廣眾下她一定不會暴起把我秒殺掉。

「安安靜靜，別想惹事。」徐詩在我過來的那一刻，以如同惡犬的眼神沉聲威脅道。

我發現自己想錯了，轉頭，可憐巴巴地望了一眼已經退到兩步以外的三號女同學，真想問她：我們可以交換位置嗎？

「咳咳~所有人都到齊，那我就開始了哦！」

徐曲在同輩之中似乎有著十分不錯的聲望，甚至在高一學生裡被喻為最想擁抱的女生第一名！徐曲的名聲比起她那個暴力又強大而且凶悍的姐姐要好得多。

「因為校慶臨近，所以校園美化社被分發了很多美化校園的任務。只不過社裡人手不足……嘻嘻，現在就只有我一個，所以我叫來大家，請大家多多幫忙！」

這時徐詩還是十分警覺地盯著我，在我望向她的時候，還對我做了割喉的手勢，就像是害怕我化身魔狼吃掉現場所有女生一樣。

真心可怕，我差點忍不住舉手向徐曲問可不可以換位置。

「我們有什麼要做的？」其中一個短髮女生舉手問道。

「有三件事，第一件事是把運動會的照片加工和美化，再張貼在校內。」徐曲似乎為了提高我在所有人面前的聲望，在這裡故意把我的出場說得重要很多，「當初為了拍下這些選手的照片，盛遠他可是辛苦得中暑了哦！」

「哎？」

幾個我不認識的女生臉上露出驚訝的表情，然後把目光移到我的身上，就像我是一個長得很奇怪的東西。

「唔……哈哈，算是吧。」我擺著手，因為被她們奇怪的目光盯著，讓我也感覺不自在起來。

「而且不只這樣，他還幫忙省下了不少沖印照片的費用呢！」

徐曲似乎打算一次把我在這群人之中的名聲提高，雖然我不明白她為了什麼，不過不阻止我生出除了害羞外的自豪感。

沒錯，大概是這種感覺——江盛遠也是個很會辦事的人！

「少給我得意，我會看著你的。」

徐詩又一句威脅把我本來的興奮完全消去，只留下了害怕。嗚……可以讓這個傢伙離我十步以外嗎？

接下來，徐曲因為我的話題而說了不少句評語，那些本來不認識我、本能偏向認為我是壞人的女生，漸漸被扳回到中立的位置。雖然沒有真的完全消除了她們對我的偏見，不過比起一開始的敵視已經好了很多。

「……嗯嗯，之後我們要進行的第二件事就是採購和布置校園了！」

這個任務是校園美化社每次大節日和校方活動之前的既定工作，所以我們這群人對此並不陌生，有的人甚至反應不大。

如果只是這兩件事的話，我和徐曲加上徐詩，三人其實基本上已經足夠，畢竟時間很充裕，而最後的一件事才是真正讓徐曲下了決心要召集這麼多人。

「然後，第三件事就是要在校慶日開幕典禮上進行表演！」徐曲這時才說出需要召集這麼多人過來的重點。

「哎？」

「表表、表演？」三號同學她們似乎也沒有聽過，驚訝地看著徐曲。

只有徐詩一臉「我早就知道」的樣子。

「沒錯，就是表演！」徐曲頭半仰，就像是自己做了一個多麼精明的決定，舉起大姆指興奮的說道：「那可是我主動在社團會議上提出的，為了吸引更多學生成為校園美化社社員的第一步！」

看著自信滿滿的徐曲，我想起那個失蹤的戰爭本部大帥，不知道張玲現在到底恢復過來了沒有？都已經一個星期多了，為什麼還不回來學校呢？

「……可是我們要表演什麼？」二號女生認真地問道。

作為同班同學，我清楚了解她認真的性格，絕對是班長的最佳人選。

徐曲搖頭，解釋道：「時間太短，所以我還未決定。」

「哎？」

「就從現在開始討論吧！」徐曲又展開了新的命題。

果然這話一出，二號女同學的臉色變得異常精采，還好這時有三號女同學出聲打圓場，否則還不知道會不會馬上出現退出的情況。

看著這群女生妳一言、我一語的討論，我又想起戰爭本部在計畫行動的情況，雖然官冰

蕙一直都很可惡的針對我，不過那時候一群人一起同心協力做事的感覺真的很開心……

就在我回憶著的時候——

「——戳！」

我的臉突然被人戳了一下，回過神，發現大家都目光一致又整齊地看著我時，才尷尬地笑了笑道歉：「剛剛恍神了不好意思……」

「嗯，現在正在投票決定要不要演出舞臺劇。」徐曲把手指收了回去，向沒有留心的我解釋。

反正我不會被分到任何角色，完全沒有舞臺經驗的我，無可無不可地點頭說道：「真的不錯啊！」

「那你這是贊成了哦？」徐曲對我眨了一下眼，看樣子現在正在投票，而且又差一票才可以成功之類的小劇場正在發生。

「是是、是啊。」我像小雞啄米一樣不斷點頭，「贊成了。」

「那就好了，現在是六票贊成、四票反對，舞臺劇通過！」

徐曲還有支持舞臺劇的女生都笑了起來，在眾人之中，只有徐詩巖然不動地監視著我。

「別以為這樣就可以騙過我。」

啊呀……這傢伙一定是有妄想症！

接下來這個校園美化社的臨時會議，就開始討論舞臺劇演什麼、誰要演哪個角色、誰要擔當哪項工作的討論。只是我跟其他的人的關係基本上為零，有幾個甚至對我有嚴重偏見，很難加入討論，所以只好裝酷和沉默。

最後定下來的職務果然不出所料，我當上自己平常一直都在做的工作，負責所有大小雜務的總務——即是搬搬抬抬、爬梯子、貼膠帶之類，總之越累越辛苦的都是由我來做……

不對，是由我和徐詩一起做才對。

這傢伙為了監視我，所以自告奮勇跟我一起當總務。有了徐詩這個怪力女的存在，所以我應該會輕鬆很多。事後告訴我這個想法沒有錯，如果要搬家的話，最好是把徐詩也找來，跟李靜一起組成怪力雙璧！

定好了職務，大家就開始各自的工作……

時間一天一天的過去，校慶開幕日漸近。

徐曲和其他負責表演的女生也開始熟練地說出舞臺劇的臺詞，一些表演用的衣服由我們齊心合力製作出來，就等著校慶來臨。

幫忙期間，在徐詩的嚴格監視下，平常倒楣到極點的我竟然沒有搞出什麼奇怪笑料，例如不小心把女生推倒在地，滑一跤的時候正好把臉撞到女生的裙下，更沒有不小心打開女生正在換衣服的教室門。

還有一點我沒有想到，我的名聲在這群女生的圈子中似乎變好了一點，至少她們見到我會遠遠的向我打招呼，沒有馬上跳開。其次是給我東西、或是我把東西給她們，也不會被要求用丟的方式。

我的努力似乎有了一點的回報。慢慢的，我也沒有再想戰爭本部的事情……

沉寂了差不多一個月的時間，戰爭本部又找上了我。

在校慶日的前兩個星期，即是五天連假的開始，我收到蜘蛛發來的簡訊——

「蜘蛛：明天過來戰爭本部的實驗室。」

明天是假期開始的第一天，一般學生不會進入學校。

但假期回校這事對戰爭本部成員的我或是李靜他們來說十分平常，加上我們現在跟校工大嬸相熟了之後，進入學校就更不是難事。

可是，困難的並不在於進入學校，而是我猜不透蜘蛛到底想要做些什麼。

……是不是改變主意放我一馬？

還是有新一輪的作戰？如果真的有新一輪作戰，我要不要參加呢？

帶著這樣的苦惱，我今天連弟弟使出的妹妹飛撲也沒躲過，直接被撲倒在地上。

這種不好的預兆，讓我不安了起來。

▼ Chapter.2 ▼

進擊的個性雙馬尾

「轟」的一聲，身後用木條頂著的鋼門被撞開！

雖然我知道面對那人的時候，這種小花招根本沒有效果，可是我卻沒有想到木條君竟然這麼不濟，至少給我堅持一到兩分鐘時間，好讓我有多一點時間逃跑啊！

帶著怨念的我，頭也不回馬上轉身就跑……說笑，還在那邊像英雄電影的老百姓一樣呆傻地看怪獸出場的話，要是被抓到那我還有救？

「嗯？」

左腳一踏入泥地操場的時候，我立即感覺到異樣，就像觸發了什麼東西。我二話不說，把左腳抬離地面。

「啪」的一聲！

果然如我所料，泥地突然爆開，就像踩中地雷，本來在土地裡安好無事的泥土被推出地面，一個淺坑在剎那間完成。還好我的移動速度夠快，不然一定會被泥濘爆炸波及，就算沒受傷，衣服沾上泥巴也會影響到移動的速度。

「這這、這到底是怎麼回事？」

正驚訝的我，左腳踏中的地方再次出現觸發「爆炸地雷」的感覺，然而這次的爆炸來得更急更快，被爆炸波及這事已經變得無可避免時，急中生智的我用力一踏，整個人向右方翻滾去！

「轟！」

地雷爆開！還不只如此，地雷的密集程度完全超出預期，我在操場上翻滾的時候意外觸發更多地雷。連續的爆鳴聲不絕於耳，作為地雷主武力的泥濘更是大量被炸出地面，一坨坨像是米田共似的東西黏到我身上。

可惜我沒有可以清理的時間也絕對不敢停留，已經到了出動地雷的這種程度，證明蜘蛛和李靜這時認真到不行，絕對是認真過度了！

翻滾過後，我連猶豫的時間都不敢，因為剛剛撞開門的人是比地雷更可怕的存在——

「不要逃的說！」

那人可是人型推土機、暴力怪獸、一拳打倒巨大魔物的、爬行者、十歲打倒熊，留著長短雙馬尾髮型的女生李靜！

又跑了一小段路，身邊的地雷像雨後春筍般破開泥土，要不是已經把逃跑進化成本能，加上腳力又受過特訓，我大概會被炸中一到兩回。然而，身上黏著的泥濘已經開始影響行動了。本來少量的泥濘還沒有什麼感覺，但現在全身都是的時候，重量加到身上就發現自己的動作變得沒平常俐落，步伐亦慢了下來。

回頭一看，本來應該是十分正常、滿是青草和泥土的操場，現在就只剩下一個個坑洞，當然還有暴怒的李靜。

看著雙馬尾在飄逸時，作為步速比較快的一方，我突發奇想的向她挑釁：「我會被你們抓到才怪！」

雖然這行為十分找死，不過逃跑一方還是得做些挑釁行為才可以舒緩此刻出現的緊張感，反正我到最後還是會被抓住……

沒錯，如果只是李靜加上地雷的話，我依然可以輕易逃走，因為李靜雖然力量強大，但腿短跑得不快是她的弱點。只不過在李靜和地雷這兩項之外，還要加上那個神出鬼沒的MI6、戰爭本部情報人員、多蘭高中內最強忍者的蜘蛛時，我知道自己十有八九會被抓住。

以前進行逃跑訓練的時候，我還沒有像現在如此狼狽。因為現在追捕我的兩人明顯解除身上的限制，就像是解開了上帝禁區的人類，所有爆炸、破壞、武器等等都一一出現。

個人真心希望官冰蕙快回來約束這兩人的行動，不然到後面可能連大炮也會被他們兩人用出來！

「給姐姐停下來的說！」

幸好今天是清明節連著星期天的五天長假期開始，加上校工大嬸被新徒弟蜘蛛和李靜的天生長輩親和力特技收買，不然這種大規模的陷阱和破壞，學校至少要給他們兩人一支大過，再給我這個參與者一支小過才是！

「哎……哎哎？」

突然間，腳下踏空，眼前的景物急速下墜。正在想這些的我忘了還有蜘蛛的埋伏，身體在重力拉扯下掉進地洞！

「冷笑，進洞吧！」

蜘蛛的聲音傳來，果然是「蜘蛛」，一直在埋伏等待我嗎？

可是，我作為武士王的信徒、紙箱怪人的本體，才不可能會屈服在一個小小的陷阱……武士王不像勇者，就算死，也不會因為陷阱！

「喝！」

用盡上半身的力量扭動身體，雙手像大字型張開……手指成爪，剛好抓到洞邊，把自己支撐住。

——很好！

目光一厲，我以超越武士王使出超必殺技Hell and Heaven xita的氣勢，背景彷彿播出了沉重的重低音配樂。

勇氣100%的我，如巨龍咆哮般大喝一聲：「我怎可能進洞！」

手臂到手指的每一寸肌肉、每一個細胞都在沸騰燃燒，皮膚上的汗水因短暫的出力而化成水霧。

我爆發出最強的力量，強行把自己拉出地洞！

「搖頭，上來的結果不是一樣嗎？」

比我矮小的蜘蛛在我爬出地洞的一剎那，抓住了我的衣領，然後……？

然後連給我求饒的機會也沒有……

「摔，盛子給我咬緊牙關吧！」

絕對是反派的蜘蛛，馬上使出柔道的過肩摔，把我像剛出水的鮮魚一樣，拍到地洞旁邊的泥地上。

「哇——哇——」

還好是泥地，衝擊的力量被軟土卸去了大半，沒有想像中那麼痛。

在戰爭本部之中，如果單純力量來排名，李靜是絕對的第一位，官冰蕙在情緒化的時候比我強，蜘蛛則是僅比張玲強上一點；但如果是格鬥技巧的話，不算上最強的李靜，官冰蕙和蜘蛛都可以完勝我。

但是有一點我比較自豪的，就是抗打擊的能力，也即是耐打的程度。

沒錯，不論是勇者、武士王、刺蝟頭男生都有種越被打得痛，力量越強大的狂戰士體質，因此在抗打擊方面，他們沒有一個比我強！

所以我說，這小小的過肩摔，對血厚如肉盾角色的我來說，連零頭也說不上，只是小菜半碟——

「等等……不是吧？蜘蛛——」

正當我想要翻身的時候，眼前的景物再次快速的轉換，蜘蛛又使出一次過肩摔！

「哇——不要！」我想要整理姿勢，而蜘蛛像是玩不厭一樣又來了一次。

「快死了，頭暈……」我雙手抱頭像蝦米一樣。

「真的不要再摔了……」看到的影象都是天旋地轉的。

接下來將近第六次的時候，蜘蛛終於放開我。

可是我知道不是因為蜘蛛已經把力氣用完，也不是因為聽到我帶著哭音的求饒，而是……那個傳說中，只用雙手就可以生撕魔人布歐的大魔王李靜已經來到我們的旁邊。

「為什麼要逃的說？」一臉不爽的李靜蹲了下來，戳著我的臉。

我睜開眼睛，第一眼是看到了李靜的裙子下穿著的安全褲……穿短裙的話就不要穿安全褲啊！

第二眼就是李靜這個完全狂化的暴力狂。

我猛搖頭道：「因為……因為大帥和軍師都不在，我們一定無法成功，而且你們剛才制定的作戰，根本就不是『無效化』，是絕對致命般可怕好嗎？」

躺在操場正中心的我，道出被他們兩人追捕的原因——

蜘蛛和李靜想要展開作戰，但是作為領頭的張玲和制定計畫的官冰蕙並沒有出現在戰爭本部。

蜘蛛和李靜兩人彷彿失去了管束，所有提出的計畫過於自由奔放，超越正常的範圍。例如——

「讓那一天出事故的說！」

「點頭，這想法不錯。」

「直接把學校燒了的說！」

「提議，在福利社下毒。」

「把所有考場的桌椅都破壞的說！」

「提議……」

就像聖誕節前舉行的會議一樣，如果真的實行這兩人所說的話，那基本就是能把學校炸上天兩次的同等級暴力行為。

「作戰很正常，才不是絕對致命可怕的說！」李靜用可愛的圓臉認真說出可怕的內容。

「我怎麼可能會參加這種作戰？不信妳去找大帥和軍師問問。」

只見他們把操場改成地雷陣和地洞的能力，我就明白他們絕對有可能實現他們的提議。

說到底，作為正直、普通男高中生的我，是絕不可能參加進去！

「只只、只要我們開始行動，她們很快就會歸隊的說！」李靜強詞奪理。

張玲被前任大帥判定失格之後，就一直請假，連學校也沒來，更別說出現在戰爭本部的實驗室。而官冰蕙則是完全不管事，同樣向戰爭本部請假。

原定的「第二階段考試無效化作戰計畫」被她們兩人拋之腦後，所以在戰爭本部之中，還可以參戰的成員就只剩下蜘蛛和李靜。

沒錯，沒有加上我，所以他們才在今天把我約到學校來。

「不行，等她們回來再進行吧！」雖然我知道自己的說法十分無恥，不過這的確是我此刻的想法。如果在作戰中沒有張玲帶領、沒有官冰蕙的智慧，單憑我們三個有勇無謀的傢伙根本不可能成功。

而且更重要的是，我在幫徐曲忙的同時，本來低至深淵無盡地獄級的名聲，漸漸回復到普通地獄級水平……

「江同學，這是你的功課，我放這邊，你一會來拿！」

班導師沒有再把我的功課拋過來。

「不用怕，老師查過百科，發現跟江同學眼神接觸是不會懷孕的。」

班導師沒有再散播不實的警告。

「這些雖然是江同學幫忙拿來的，不過老師也拿過，不用怕江同學，沒有問題哦！」

戴著手套的班導師積極地幫助我重新融入到班級之中。

連之前一向看不慣我的班導師都開始相信我，所以我已經不想再去搞什麼破壞活動。現在扭轉形象的問題不再重要，成不成為魔王、新人王之類也沒有關係，我只要成為一個普通學生就好了！

「盛遠！」李靜皺著眉，一長一短的雙馬尾似乎因憤怒擺脫了地心引力而飄動著……

頭髮要變成金色了嗎？還是直接長出一條尾巴？李靜果然不是地球人！一定是來自貝●塔星的菜野人，還在憤怒的臨界化身成「超級菜野人」！

蜘蛛識時務地放開壓制我的雙手，作為不進行正面作戰的蜘蛛，明智地不捲進我和李靜之間的戰鬥。

我站了起來，直視著李靜的圓臉。我覺得自己接下來的下場應該是糟透了！

果然不出我所料，李靜深吸了一口氣，眼神變得異常凶悍，咬牙切齒的向我問道：「校園美化社還是戰爭本部的說？」

我要怎麼回答？

我也不知道，因為他們剛才的行動已經一點都不正常，像失去節制的魔獸。要是一年多前，張玲沒有被趕出學生會，沒有出現整合破碎的戰爭本部，我覺得以這兩人的破壞能力，他們絕對有可能會做出震驚整個多蘭高中、甚至全世界的大事！

「回答姐姐的說！」

李靜的一聲大喝，將我從思緒之中拉了回來。我深吸一口氣，堅定了心中的立場，搖頭道：「我是不會參加你們主持的『考試無效化作戰』——」

話還沒有說完，被重擊！

一記下勾拳直擊在我的肚子上。

這一瞬間，我整個人幾乎飛起……不對，我已經腳掌離地。

李靜半步踏前，短距離的高速起動發勁。僅用一拳的力量，就讓我短時間脫離了地心引力，只是她又用手抓住我的衣領。

比起傷害只有五的過肩摔，這拳真是強得太過離譜，我本來還是滿滿的體力值直接下降到瀕死的邊緣……

「為、什、麼、的、說！」

只不過這不是一拳就完結的重擊，對李靜來說，這種出力的拳頭只是正常的力量範疇。

為什麼我會知道？

因為李靜現在正進行連擊……

「不、是、說、過、有、作、戰、就、回、來、的、說！」

為了防止我被打飛出去，李靜一手拉著我的上衣，讓我的身體不會飛出她拳頭的攻擊範圍，然後凶猛如野獸的她，一記又一記，一拳連著一拳，連一丁點的情面也沒有留給我，攻擊如風暴一樣襲來。

無情的下勾拳把我越打越高，作為本能防禦在肚子的雙手被重擊得麻痺。

我想之後肚子一定會腫起一大塊，因為每一次的下勾拳都是整個身體的體重壓在李靜的拳頭上，要不是一直有接受李靜的強制抗打擊訓練，相信我早就支撐不下去，兩眼一黑暈倒在地了。

大概是到了第四擊的時候，李靜的拳頭終於沒有再次打過來，應該可以鬆一口氣吧？

天真，我知道她不會這麼簡單作結。

對於李靜，我有著二十分的了解，她在玩格鬥遊戲的時候，最喜歡用打飛別人的攻擊作為終結技。

本來正常人是不可能辦到，只是我眼前的是升級為「超級菜野人」的李靜，所以——

「最、討、厭、盛、遠、的、說！」

在李靜喊出這話的瞬間，我就知道最糟糕的要來了。

不疑有他，我第一時間雙手掩頭，咬緊牙關，瞪大雙眼，在雙手的間隙之中，我看到了短裙下的黑色安全褲……

沒錯，隨著安全褲的登場，李靜的回旋踢也似狂風一樣襲來！

「碰」的一聲，我飛起來了。

耳邊所有的聲音都在那巨響之後消失，只有疼痛讓我知道自己依然清醒。天上的雲彩、地上的李靜和蜘蛛全都快速向前衝，影像如螺旋一樣扭曲……

我向後倒飛出去，但地心引力始終沒有放棄我，不到一秒的時間，我如同破爛的罐子一樣再次落到地上。

回旋踢的餘勁未止，我的身體像似失去控制的木桶，在泥地上瘋狂的翻滾。

「轟──轟──轟──！」

猶如《神奇寶貝》的隆隆岩一樣，滾動著的我化身地雷觸發器，把一路經過的地雷全數引爆，身上全是棕色米田共似的黏土。

最後在摩擦力的作用下，我停了下來，就似垃圾一樣，大字型癱倒在地上。

啊……我是不是已經死了？

動也不想動，身體不停對我的大腦發出警告，真的不要亂動，地球是很危險的。

想不到還是會被李靜痛打一頓，我覺得真的就這樣睡著算了……別再像傻瓜怪人那樣硬要爬起來討打。

過了一會，耳邊傳來腳步聲，是只有一個人的腳步聲。

「唔……是、是蜘蛛嗎？」我連眼睛都懶得睜開。不過如果李靜要過來的話，應該在重擊之後就馬上跳來再進行連擊才對。

「搖頭，盛遠你這又是為了什麼呢？」

咳了一聲，我睜開眼睛，勉強支撐起上半身，試圖站起來，「我知道、我知道……」

蜘蛛扶了我一把，「嘆氣，小靜是問你回不回去，你為什麼要回答小靜不參加作戰？」

呼吸有點急，所以我又咳了一聲，左右望去，暴力的李靜已經離開了。地上的坑洞告訴我，在跟李靜的戰鬥中，以她全勝作完結。

我語帶相關的對蜘蛛說道：「我不知道要怎麼選擇。」

「彈，盛子真是狡猾！」蜘蛛用手指輕輕彈了一下我的額頭，然後扶著我往旁邊的木椅走去。

我揉著額頭，自問：「我狡猾嗎？」

搖了搖頭，我並不是狡猾，而是我不明白他們的心情。

是的，我不想回到戰爭本部不只是因為張玲不在的這個爛原因，而是現在扶著我的這個人——蜘蛛。

「拍肩，在作戰之後你會做出選擇。」蜘蛛把這句話和我丟到木椅上，然後一個人在操場上進行收拾的工作。

選擇誰？

說起來容易，可是選擇了之後又要怎麼知道自己的選擇正確呢？即使是我選擇了那又如何？他們也不一定會選擇我，還不如像現在一樣當成戰友，不是更好嗎？

我可是很難得有了幾個戰友，可以一起行動的戰友！

為什麼蜘蛛要讓我去破壞它？

躺在長椅上，我還未得到答案。

回想起來，事情發生在一個多月之前，即是運動會作戰的成功慶祝之後……

◆◎◆※◆※◆◎◆

「——我都看到了。」笑。

蜘蛛當時的眼神十分凶狠，跟我之前所了解的他，似乎不是同一個人。

「那不過是官冰蕙強來的行為——」

蜘蛛步步進逼，同時搖頭說道：「否定，官冰蕙有男性厭惡的心理病。」

我愣了一下，蜘蛛原來早就知道官冰蕙有心理病嗎？

蜘蛛一手抵住我的胸膛，質問道：「威脅，還不說出事實嗎？」

「可不可以不說？」

「微笑，想要接受死刑嗎？」

於是，在蜘蛛的威逼下，我把所有事情，包括當官冰蕙的假男友、官冰蕙沒有治好就會被送到外國、官冰蕙為了騙沙菲娜的事，原原本本地說了出來。

「提問，所以官冰蕙在莎菲娜面前把你說成男朋友，而那一吻就是所謂的證明？」

我遲疑地點了點頭，這時的心情還真是複雜得無以復加。

蜘蛛把手機收好，放開了我，單手托著下巴道：「推測，官冰蕙喜歡盛子。」

我呆滯地看著得這種結論的蜘蛛，「哈？」

「判斷，如果盛子沒有走進官冰蕙的心房，她是不可能會強吻一個人的，這一點我可以肯定。」

「她只是沒把我當成男生——」

「反駁，盛子在進戰爭本部的時候是男生，以官冰蕙強烈反對的情況就知道，即使到現在也是。官冰蕙早就這麼認定，並不存在變裝一說的可能。」

我回想起官冰蕙對我態度的改變，似乎是在「豆腐事件」之後。搖了搖頭，聳著肩，我自己根本不知道要怎麼反應，也不明白蜘蛛到底為了什麼而跟我說這些話。

本能上想要逃過這種問題的我向後退了一步，「現在說這些是為了什麼？哦！是不是你們又有了什麼陰謀？這次就不要惡搞我和官冰蕙——」

蜘蛛再次伸出手，拉住想要回到家中保護層的我，直瞪著我說道：「決意，盛子不要逃避，選擇吧！」

「什麼……？」我驚慌失措。

蜘蛛認真地舉起了兩根手指，「壓迫，在小靜和官冰蕙之間做出決擇，我知道她們都喜歡你！」

「等等，你今天很奇怪！」我擺著手試圖推開蜘蛛，同時叫道。

蜘蛛看著不肯面對的我，放開了手，「嘆氣，既然暫時接受不了，那我只好給你一點時間……在下次作戰後，就是我給你的最後期限。」

「什麼跟什麼？」

只是蜘蛛沒有回答，頭也不回地走了。

◆◎◆※◆※◆◎◆

在那一次的對話之後，我就陷進所謂選擇的死循環，一個人在憂鬱，連著開派對都沒有心情。

知道張玲請假逃避的一刻，我卻羞恥地有了慶幸的感覺。張玲她突然消失以及官冰蕙的無言離開，這些都給了我不進行作戰的藉口。

我不是不想回到戰爭本部，而是不想在作戰之後做出選擇。因為她們喜歡我都只不過是蜘蛛的一廂情願。

我從來都不認為李靜這頭怪獸會喜歡我，她最多是因為讓我的名聲變得惡劣而內疚；官冰蕙就更不用說，她只是想要達到自己的目的在假裝。

我不受歡迎是個無法改變的事實……

突然有點羨慕盛子，她只要一站出來就是萬人迷。

我嘆了口氣，向天看去。

「啊？已經黃昏了……」

在夕陽西下的血紅色映照下，操場和所有被破壞過的地方已經回復原狀，而蜘蛛早在我思考人生的時候就已經走了。

蜘蛛！

我為什麼要聽蜘蛛的話？

想到這個問題的瞬間，就已經明白答案——蜘蛛掌握了我和李靜像是男女朋友的證據，又掌握了官冰蕙跟我像是男女朋友的證據。

只要蜘蛛有這個念頭的話，完全可以輕易破壞我現在努力想要維持的戰友關係。

這種不可能解開的結，單靠只有智商是負數的我怎樣也想不出答案。我從口袋裡掏出手機。弱者最擅長找別人求助，這也是我現在想出來的唯一方法。

只是找誰的這一點上我又猶豫了，手指在張玲和徐曲的位置上不停地移動。

如果是向朋友討拍拍的話，我應該要選徐曲；不過這時我要解決問題，所以應該只有大帥能幫助我。

於是，我按下張玲的電話號碼——

「……暫時未有人接聽，請晚點再撥。」

張玲不是有很多主意的嗎？幫我出點主意可以嗎？可以聽我傾訴嗎？

不過是被人說一句而已，我可是面臨整個人際關係崩潰的壓力！

可惡，妳這個容易崩潰的大帥！

▼ Chapter.3 ▼

機場客運站的後現代淡然篇

滿身泥巴和傷痕的我回到自己的家，掏出鑰匙插進門鎖。

「嗯？」

不論我強行用力，還是把鑰匙上下倒轉，都沒辦法把鑰匙插進門鎖，給我的感覺就像是我手中的鑰匙被人換了一把，又或者是鎖頭被家人換了一個。

唔，正確來說，這兩方面都有可能，因為剛才發呆的時候，身邊正是會做這種事的蜘蛛。但是最大的可能還是看錯門牌……

我瞄了一眼門牌，沒有錯誤，是我家的「502」，旁邊也寫著江宅無誤，那為什麼鑰匙會用不了呢？

試了數分鐘，我終於放棄，敲門讓在家裡的弟弟開門。

「豐遠，是不是換了鎖頭？」

敲了幾分鐘，依然沒有人來應門。由窗戶透出的光芒，弟弟應該在家裡才是。

我皺起眉頭，整件事透露著詭異，可是我沒有放棄，整整又敲了三分鐘的時間，卻還是沒有人來應門。

只好出動手機了！

「鈴——鈴——」

弟弟手機的鈴聲由家裡傳了出來。以我了解弟弟的習性，他是不可能離開自己的手機十步範圍之外，因此他一定在家裡！

「豐遠我知道你在家，別玩了快開門！」

「唔、唔……」

門後傳來了一些聲音，因為隔了一道門，加上距離太遠，所以沒有聽清。

「快點開門！」現在怒氣值已經不停的上升，可以說就算他開門，我也不知道自己能不能保持冷靜不暴打他一頓。

這時，終於傳來了弟弟怯懦的聲音：「媽媽說……不可以幫歐尼醬開門。」

「哈？」

等等……

我深吸了一口氣，先把所有的細節從頭想一遍。

有什麼可以影響到我家的資深宅呢？是不是她偶然找到我的警告和小過紀錄紙？還是因為上次的成績不行？不會，成績單她明明說過沒什麼問題，而且其他學科的分數高得不正常，她還因此而開心了一會，所以十之八九不是這件事……

那還有什麼？

不對，不是什麼東西，而是還有誰可以影響我媽？

這一個思路的改變，我瞬間得出答案：影響我媽，唯有李靜！

由整理得出事情的脈絡：比我早離開學校的李靜，一定是先到我家哭訴，又或者是在街上哭著的時候被媽媽捕獲。隨後把李靜當作女兒看待的媽媽不知哪條神經接不上，直接就把兒子坑在家門外。

想到這裡，我打了一個寒顫……

「喂喂──豐遠，這不是在說笑的啊！」

而在這時，更讓我絕望的訊息由門下間隙遞了出來──

「歐尼醬，媽媽現在很生氣，她說除非你立即、馬上向姐姐大人道歉，不然九點之前都不用回來，重點是晚飯你自己吃自己吧！保重，隨函附上妹妹的愛心資助。」

訊息的下端還貼了一張連鎖速食店晚餐的兌換券，幸好女裝弟弟似乎還沒有完全倒向李靜那邊……

只不過，我肯定自家弟弟沒有那麼細心，這張兌換券九成九不是馬上可以兌換的——

「注意：需先購買一份套餐。」

最下方有一行比蚊子還要小的細字。

「開什麼國際玩笑！」

我要是有錢買一份套餐，還要多一份幹什麼？像暴發戶那樣，吃一碗倒一碗嗎？

因為這個白痴條件，弟弟給的兌換券變成一張廢紙。

難道真的要向李靜道歉，我才可以擺脫物理層面上的困境嗎？

不過，要是向她道歉，那就說明我要加入那個把學校毀滅兩次以上的可怕作戰。我敢肯定，到時候找死的恐怕還是自己。

所以，我是堅決不會這麼快就認輸道歉！絕對不會屈服！

這不是有關於物理層面上的事，更是有關我在整個學校以及整個高中生活，提升到未來和心理層面的事！

我是寧折不彎的武士王！李靜想要利用家人來讓我屈服，絕對不可能！

「此地不留人，自有留人處！」我冷哼了一聲，高聲在門外叫囂。

我一手拿著信紙，帶著傲骨，獨自離家，輕揖清風——

孤身走我路。

說起來很有詩意，可是當我走了兩步之後，就發覺自己完全做不到那麼逍遙。

「很想回家，肚子很餓，想看《武士王》……」

現在就像之前大部分作戰失敗的原因，我還是沒有一丁點的長進，一直都是有勇無謀、行事情緒化的戰爭本部成員。

每次放出漂亮話之後，就是沒有任何計畫的白痴行為。

我把手插進口袋，再次確認自己現在連一塊錢都沒有。午餐因為蜘蛛和李靜兩人大戰的關係還未解決，所以到現在已經餓得肚子快要凹進去了。

走著走著，我又拿出了手機，不成器的想向人求救——

「電池電量不足，請儘快充電。」

屋漏偏逢連夜雨，說的就是這時的我。

被人痛打完一輪，滿身都是泥巴，回家又被拒之門外，想要求救發現手機沒電，想要吃點東西身上又沒有錢……

到底這世界上還有什麼人可以比我更倒楣呢？

大概還是有很多的，例如大便時忘了帶衛生紙，把藥丸放進口裡才發現沒水，去旅行前一天才發現護照過期……可惡，悲哀的連鎖，又想起那次無法跟家人一起去旅行的憾事。

算了，現在絕對是我生平第二倒楣的狀況。

一邊走，一邊走。路邊的景色往後退，漸漸的，燈光在路面暈開，身邊的建築物變得不再熟悉。等回過神的時候，我已經走出一直生活的社區。

往後退？太剛直、不道歉也不是辦法，雖然我不覺得自己有錯，可是在世人眼中，把女生惹哭本來就是男生的錯！

只是身上那不時傳來的疼痛提醒我：李靜並不是女生。

李靜的本體根本是地上最強拳霸！

「現在怎麼辦好呢？」

一天的話還好，若是每天我都要被莫名其妙的原因搞到受罰的話，那真的太辛苦了。向爸爸求救也是不可能，以我對他的理解，他百分之百是站在李靜那邊，所以懶得找他。

漫無目的走下去沒有用，我停了下來。向李靜道歉暫時不可能，但是找人幫忙的話，又不知道要找誰……嗯？

不對！

除了李靜之外，我還知道另一個戰爭本部成員的地址——官冰蕙家的棋社！

確定目標之後，我不再遲疑馬上就往官氏棋社那邊走去。雖說現在這種行為跟所謂的吃軟飯沒有分別，可是我並沒有其他可行的辦法。只好當一回受資助者，畢竟這有可能演變成長期的抗爭。

在戰爭之中，可沒有為什麼卑鄙不卑鄙，什麼辦法都得試上一試！

◆◎◆※◆※◆◎◆

二十分鐘的步行，我來到官氏棋社，正好這裡還沒到關門的時間。可惜踏出第一步受資助計畫的我，馬上遇到挫折。

一個在我眼中看起來像魔鬼的可怕女生正坐在接待處。

我看著前方的性感女生，強忍著沒有馬上轉身逃跑已經算是十分厲害，所以說話緊張得結巴絕對算是超正常發揮——

「妳妳、妳怎麼在這裡！」

我眼前的女生正是莎菲娜。她穿著薄紗似的粉紅外套，下身是極短的白色熱褲，身上是一件露出了小腹的黑色背心，不只是意識形態上，就連衣著也同樣十分性感，如同美杜莎一樣的捲髮有著連愛神也比不上的魅惑能力。

莎菲娜掩著嘴，輕笑了一聲，站起身一步步向我走來，反問道：「呵，莎菲娜為什麼不可以在這裡？」

「這這、這不是官冰蕙家的棋社嗎？」我習慣性地退了一步。

莎菲娜咬了一下豐滿的下唇，在我看來是下意識地拉住了我的手臂，「So，莎菲娜 Cannot be here？」

「不不、不是……」被拉住的一瞬間，手臂一陣麻癢的感覺傳到全身，一定是磁場天生不合，只要一被她碰到，我就會有種無法彈動，被莎菲娜壓制的感覺。

正當莎菲娜像蛇一樣，想要進一步把嘴貼到我耳邊時——

「啪、啪——」

突然傳來一陣腳步聲，莎菲娜二話不說把我推開，然後整理一下頭髮和身上衣服，臉上本來得意洋洋又囂張的表情，換成什麼都不知道的無知少女樣。

棋社的內門被推開，走出一個中年婦人。不過我已經忘記了到底是誰，只知道對方是官冰蕙的家人而已。

雖然不知道是誰，但還是十分感謝對方拯救了我。

「嗯，是小遠？」

「官嬸嬸，原來妳也認識盛遠嗎？」莎菲娜轉過頭，用了高八度的聲音裝可愛地問道，本來的高意識系說話方式失去蹤影。

這真的是莎菲娜？真的不是其他人？我沒有開錯存檔？

「當然認識，冰蕙帶過來一次。」

我想起她是官冰蕙的母親了。

在官伯母說著話的同時，莎菲娜自然得像本能一樣拉過官伯母的手，然後更像小朋友一樣黏到她身上。重點是官伯母一點異樣都沒有，很正常地順了一下莎菲娜的長捲髮，她們兩人就像一對母女。

War-Club

招募中!
入社即贈
吐白龍坐騎
戰鬥吧
校園戰爭本部

我知道了，這是莎菲娜對女性長輩用的魅惑形態！

呆滯過後，我才搖了搖頭，像醒過來一樣，向官伯母點了點頭，「伯母妳好……」

官伯母好像很高興地笑著，向我招手道：「不客氣，小遠來找冰蕙，伯母很高興呢，快進來坐！」

「是……」我愣了一下，官伯母一下子把所有話都說出來，就像機關槍一樣。

「小遠還沒有吃飯對吧？」被莎菲娜附體黏著的官伯母問。

「是的……」儘管有點不太好意思，不過肚子十分老實地「咕」的一聲響了起來，連午餐也沒有吃的我十分餓。

「太好了，我們家也快吃晚餐了，來一起吃吧！」

「不太好吧……」

「沒關係、沒關係，多個人多雙筷而已！對了，反正都沒棋友要來，小娜去把棋社的大門關了吧，今天我們早點關門！」官伯母拍了一下莎菲娜的手，吩咐道。

「知道。」莎菲娜在官伯母看不見的時候，對我做了一個鬼臉——那姑且算是鬼臉的範疇吧，因為怎麼看都是一副想要把我做掉的威脅。

「跟伯母來，先去洗個澡。你剛剛去打棒球了嗎？」官伯母拍了一下我肩上已經乾掉的泥濘，又說道：「小蕙的爸那套衣服應該跟你合身。」

棒球？如果我是球而李靜的拳腳是棒的話，也許這說法是正確的。

因為身上滿是泥巴的關係，所以我沒有拒絕。官伯母先帶我到浴室，再把應該是官伯父的衣服給了我。

「卡卡」兩聲，我又拉了一下門，確定門已經鎖上之後，才開始把衣服一件件脫下來。在有其他女生在的地方洗澡，都會讓我想起那次撞頭昏迷的可怕事件，可見李靜的影響力之巨大。

在我脫光之後又拉了一下門，怎樣也拉不動，絕對安全的情況。這時就算是暴力雙馬尾怪獸李靜要進擊這裡，我也有時間把衣服先穿上，所謂的死角並不存在！

三下五除二地沖澡，再把那身沾滿泥濘的校服用手洗了一次才丟進脫水機，接著烘乾，然後換上伯母給的居家服。

校服到了晚餐結束就應該可以穿著回家。

不過官伯父的這身衣服竟然神奇地合身，我記得上次來的時候，官伯父明明比我要壯實一點而且也高大一點，難道他是因為要穿小一號的衣服來表現自己的健壯？一定是那樣。

「嗯？」

拉開浴室的門，第一個出現在我眼前的不是官伯母，而是死盯著我看的莎菲娜，就像是跟我有仇……事實上她的確跟我有仇，而且這時她所表現出的怨念明顯是突破天際級。

雖然比起魅惑形態，這種仇視我個人比較習慣。不過，一向不強勢的我，還是會不自覺的成為弱勢方而退了一步，「怎怎、怎麼了？」

在官冰蕙的家，莎菲娜似乎沒有在學校裡那麼放肆，變成對我冷冰冰，對長輩卻十分乖巧的樣子。

「走吧，帶你去飯廳。」莎菲娜「切」的一聲，跟剛才在大門時的樣子完全不同。

這女生什麼形態都是裝出來，所有的行動都是陰謀，絕對不是好人！

跟在她身後的我，好奇地問道：「妳妳、妳不是跟官冰蕙吵架了嗎？」

儘管還是結結巴巴的，不過可以開口問她話就代表我在對抗莎菲娜時，有著本質上的進步了。

「莎菲娜的媽媽可沒有跟官嬸嬸吵。」

「是、是啊……」

果然智商是正數的莎菲娜，即使說一句簡單的話，也要讓人思考上數十秒。如果要完整表達出莎菲娜的意思，就是說：她只不過是跟著自己的母親來官冰蕙的家，而不是因為她自己想要來，然後在這裡遇上我絕對是巧合，沒有要對付我的想法，不要想那些有的沒的。

「那你又為什麼來這裡？」莎菲娜回頭瞪了我一眼。

「來來來……」

來這裡找資助，我是怎麼也說不出口；可是如果要說來找「偽女朋友」官冰蕙，又太過……害羞，根本不可能說出口！而如果是來下棋之類的又太做作……

最後我發現，怎麼說都很奇怪……

莎菲娜停下了腳步，轉身扠腰怒道：「來什麼來，正正常常回答不行嗎？」

「對不起我是來找官冰蕙的！」在莎菲娜的壓迫下，我道出了不算是真正事實的事實。

「哼，小蕙蕙竟然會喜歡你這種懦弱又噁心的傢伙……真不知道莎菲娜比你差在哪？」

在生理上來說，我是男性，妳是女性；在性格上來說，我光明正大、正直、友善，是良好的高中男生，而妳陰險、多變、笑裡藏刀，是腹黑的高中女生。

只不過我才不會找死在莎菲娜面前說這些話——

「陰險、多變、笑裡藏刀嗎？」莎菲娜修長的手指輕輕劃過了臉頰，用著看無機物的眼神說：「莎菲娜都聽到了。」

「咳咳咳——絕對是妳聽錯了！我是說妳正直、友善、光明正大！」把心裡話說出來的毛病到底要到哪個時候才會好？

神啊求求祢讓我好起來吧！

莎菲娜不屑地「哼」了一聲。

因為上一次跟官冰蕙家人的會面只在棋社範圍，所以今次是我第一次參觀官冰蕙的家。正確來說，我發現自己剛剛所用的浴室並不是官冰蕙家裡，因為之後還要穿過一個天井似的地方，再往前走才來到了寫著官家的中式大門。

大概剛才那邊是棋社的浴室。

穿過了大門之後，是中式那種正正方方，放著四張椅子以及幾張小几，旁邊有著屏風和擺設的客廳，跟電影裡的差不了多少，唯一不同的都是玻璃窗，而不是用紙。

可惜現在沒有人，所以連燈也沒有點亮，而且莎菲娜的步伐很快，我為了跟上她，沒時間仔細看。

穿過客廳之後，就來到了官家的飯廳。這裡跟外面的中式客廳就像是兩個世界一樣，不只有空調，更有一臺貼地的大螢幕電視機，一張四人座位的沙發，放在沙發前的小桌子以及飯廳中少不了的圓形餐桌。

雖然這僅是個飯廳，但比起我那個只有一個客廳、三個房間的家要大得多。

「七點才是晚餐的時間，這段時間你自己在這玩手指好了，呵呵！」

我愣了一下，心想：哪有主人家會放客人獨自一個在發呆？

「呵，很巧莎菲娜就是這種人。」莎菲娜冷笑了一聲，轉身就走了。

看來我今天還是不要說心裡話好了……

掛在牆上的時鐘正好顯示現在六點多，還有大半個小時。正當坐在沙發上的我以為真的要玩手指的時候，一道沉實的男性低音在這個飯廳之中迴盪——

「小遠！」

據我所了解，這個家似乎只有一名男性，即是官冰蕙的爸爸。我將要面對的人是那個外表看起來威嚴甚重，內心卻十分細膩的男人。

「是、是！」我馬上站了起來，像是小兵遇上大將軍。

壯碩如山的官伯父出現我的面前。只是現在他穿得一點也不像是居家服，反倒是盛裝出席宴會。不過不是西式的宴會，而是中式的宴會，這時他穿的是一套長袍。

要是官伯父再品一下茶，那就是完美的感覺。

他坐到我的對面，然後目無表情的向我拱手作揖，再說道：「坐吧！」

我是不是應該要拱手回禮呢？

我把這些奇怪的想法搖走，應道：「謝謝。」

兩人坐著，然後……

沉默了數分鐘。

是他一直瞪著我，而我則是低著頭。

最後還是官伯父先開口，用著低沉的聲線問道：「為什麼這麼久才來一次？」

「……因為要忙學校的事。」

他沉聲的命令：「給伯父多來一點！」

「是、是！」我再次像小兵一樣點頭。

然後，飯廳中的時間又沉寂了下來，官伯父一直盯著我看，而我又不好意思回瞪他，只好別開視線。

尷尬的時間似乎有一年那麼久，這次同樣是官伯父先開口問道：「要下棋嗎？」

「啊……好的。」我吞了一下口水，點頭應道。

在官伯父的指示下，我把棋盤和棋子由電視下的抽屜裡拿了出來，終於結束了這種奇怪的時間……

下棋時的時間過得好像特別快。話題雖然沒有打開，而且我基本上都是慘敗和大敗，不過伯父很有耐性地指導了我一番，棋藝倒是進步了一點。

轉眼又過了半小時，莎菲娜和官伯母因為布置餐桌而不時出現在飯廳，不過這時還沒有看到官冰蕙。

「盛……遠？」

正在收拾棋子的我轉過頭，官冰蕙出現了。

她似乎沒有想到我會出現在這個地方，整個人就像傻瓜一樣呆滯著。

在家裡的官冰蕙跟在學校的樣子完全不同，沒有了那種清爽囂張的感覺，反而有種鄰家女孩的親切感。

一頭黑色的長直髮被她用像噴泉的方式扎了起來，鼻子上一副厚厚的眼鏡，大概上學時她都是戴隱形眼鏡；腳上穿了一雙卡通貓的拖鞋，身上是一件卡通貓及膝長裙。

不得不說，只要人漂亮，就算是打扮成爬行者也沒有太大分別……不對，是休閒居家服的樣子也很可愛！

我絕對沒有在這時想起李靜！

官伯母不知何時出現，她似乎很喜歡看到自己女兒吃驚，笑著道：「哈哈，是不是很驚喜呢？媽媽可是故意沒有告訴妳哦！」

我看現在官冰蕙的樣子是驚嚇多一點吧？

「我去換個衣服……」

似乎有「咚」的一聲，官冰蕙的臉紅了起來，馬上轉身離開飯廳。

「只知道溫習，也不跟小遠去約會！」

官伯母說出的話讓我也害羞了起來。

「是哦，盛遠可是特地來看小蕙蕙的哦！」

莎菲娜突然也插起了嘴，只是話裡更多的是嘲諷，這兩人似乎還未和好。

「冰蕙都是這樣……小遠加油，主動一點知道嗎？」官伯母轉過頭，呵呵笑著。

要說官冰蕙的性格，還是比較像嚴肅又不苟言笑的官伯父，莎菲娜反而像官伯母。

「嗯。」官伯父嚴肅的臉上有了一絲難以察覺的笑意。

這一瞬間，突然想起了蜘蛛給我的選擇，心情不知道為何變得十分沉重……

晚餐時間，不只見到換成學校那個樣子的官冰蕙，更是有機會看到莎菲娜那個跟她性感外觀幾乎一模一樣的媽媽。還好莎菲娜在母親和長輩面前很會裝，乖巧得如樣板人物，對官冰蕙又像是親密好友一般。

幸好這次的話題不是圍繞著我，不過除了低頭猛吃，我還是有適時加入話題。只有官冰蕙一個人態度不冷不熱地吃著飯，僅在莎菲娜說話時會參與一下。

因為我堅持幫忙洗碗的關係，所以莎菲娜母女先我一步離開。我才不會說是因為害怕跟莎菲娜一起離開官冰蕙家的原因！

換回已經乾了的校服，到離開的時候已經是八點多。

「年輕人去散步。」官伯父瞪了一眼想要回房間裡去的官冰蕙，下起命令。

「是啦，冰蕙就跟小遠去散步吧！」官伯母擺著手。

就算官冰蕙現在一臉不爽，她也只好跟著我一起離開官家的大門。

雖說是散步，不過只是走到旁邊的一個社區公園。

「今天來我家是怎麼回事？」官冰蕙和我一起在長椅上坐著。

「沒有……家裡的門鎖壞了，手機又沒電，聯絡不了家人。」我才不會笨得把家裡的情況說出來，什麼因為李靜向爸媽哭鬧讓我不能回家之類的。

說出來是身為武士王的恥辱，一生之恥！

「嗯……」官冰蕙輕輕撥了一下額前的黑髮，偷瞄了我一眼，又別過頭像是不經意地問道：「戰爭本部現在沒什麼事吧？」

「唔……」我搔著頭，有點不知所措地說道：「我沒有去實驗室。」

「我知道，有看到你到校園美化社那邊幫忙。」

知道了還問，官冰蕙到底是不是精神出問題了……

「那妳呢？為什麼不來？」雖然事情已經發生了一個多月，不過之前見到僅是打聲招呼，還是到了今天我才向官冰蕙問出這個問題。

官冰蕙搖了搖頭，輕聲說道：「因為我在反省啊。」

「啊？」

我歪了歪頭，有點不相信自己的耳朵，一向囂張無比的官冰蕙竟然會說出反省的話？

「前大帥不是說大帥失格了嗎？大帥不是一直到現在還在請假嗎？其實這些都是我的問題……」

官冰蕙看起來十分低落，她的這種模樣我從來都沒有見過，就像古詩之中描述的仕女，有種淒然落寞的美。

「應該是我們都有問題吧？」

官冰蕙深深地嘆息著，似乎不想我看到她的臉，別過頭說道：「行動是由我制定的，所謂失格的人其實是我才對。」

雖然在理性上認為官冰蕙說得很對，可是在感性上，我十分想反駁她：「我們——」

「不用幫我辯護了……」官冰蕙的聲音輕得幾乎聽不見，她站起身，「我該回家了。」

「哦……」我愣了一下，再說道：「再見。」

雖然我想叫住她，可是我自己知道不行，因為我沒有信心和能力說服她。

◆◎◆※◆※◆◎◆

當兒子回到家，母親就會消氣的劇情，在動畫和影視節目之中可是很常出現，不過如果我媽媽這麼輕易就消氣的話，那就不是我媽媽了。

回到家之後，大門倒是由弟弟幫我開了，可是房間的門卻被鎖了起來。

「一天不道歉，你一天只能在沙發上睡，武士王全部沒收！」媽媽義正詞嚴地說道。

看了一眼露出同情的弟弟，還有跟媽媽同仇敵愾的爸爸，這角色是不是有點反轉了？

心情變得更加不爽的同時，我堅拒向那頭暴力怪獸道歉，整個人躺在沙發上生氣，「不管妳說什麼都好，我是不會道歉的。」

我還有後路！

後路嘛？

只不過是去女僕速食店工作嘛……

第二天早上七點不到，我被媽媽故意開得很吵耳的遊戲效果音吵醒，然後因為受不了家裡那種「錯了還不快去道歉」的氛圍，拿走已經充滿電的手機，還有放在弟弟房間內、化妝成盛子的工具背包。

「這是飯錢。」媽媽指了指桌子上放著的僅僅足夠買一個便當的零用錢。

可惡，這是在小看我是不是？

有骨氣的我當然是……馬上拿走！

蜘蛛教導，就算用不上也不要資敵。

我一個人離開家，往女僕速食店前進。

接下來的情況如我所想的那樣，雖然店裡的排班全滿，可是店長對盛子的到來十分歡迎，在談好接下來的有關盛子的排班後，奇怪的事情發生了——

店裡突然出現眾多的盛子支持者。

我驚訝地看了一眼店長，她卻裝作不知道似的輕咳了一聲，完全不當一回事就溜走。我知道，一定是她把盛子回來的消息傳了出去。

「還未好嗎？」

「盛子快出來吧！」

在群眾壓力之下，盛子只好來到前檯，開始工作……

「想我了嗎？」

因為今天蜘蛛不在，所以沒有人對付張鉚這個傢伙。

「沒有……」還是盛子打扮的我別過頭，本來打算下班之後就馬上去換衣服，可是沒想到竟然連這傢伙也收到盛子回歸的消息。

「沒有不想我是吧？」

張鉚擺出在女生眼中迷人的笑容，要是用漫畫來描述，他身邊的背景都要被閃爍著的十字星光所包圍，然後光芒萬象地俘虜了盛子的歡心……當然，前提盛子是女生。

因此這種噁心的笑容，只會一再降低我對張鉚的印象，由追著人跑的痴漢變成黏人的猥瑣史萊姆。

還好，今天張鉚也有把貢品給盛子，是從國外買回來的土產。

「雖然我不喜歡這樣做，不過……」張鉚那張俊美的臉一變，微笑化成惡意的笑容，對盛子威脅道：「想要幫助蜘蛛的話，請跟我約會。」

「哈？」

「呵呵，可能這時還會有點迷惘，不過之後妳會知道的。」張鉚打了一個響指，「記著，我的電話號碼就在土產內。」

留下這種莫名其妙的話之後，張鉚就轉身離開。

◆◎◆※◆※◆◎◆

在便利商店洗手間換過衣服，再看了一下時間，還不到晚上。現在回家一定會被媽媽和爸爸這兩個傢伙囉嗦很久。嘆了口氣，我還是到圖書館看一下書，到關門時再回家好了。

就在這時，我看到街上有穿著吐血龍T恤的人走過，二話不說立即用手機拍下，正想把照片傳給李靜時……

「不對，她還在生氣。」

可惡，那傢伙不在我旁邊，幹嘛還想告訴她！

圖書館在社區的中心位置，從現在所在的地方走過去，花不了太多時間。然而，在圖書館門外這個應該遇不到熟人的地方，我還是遇到了熟人。

穿著牛仔褲和灰色襯衫的官冰蕙正待在一群野貓裡，她抬頭的時候正好看見路過的我。

「啊～午安。」我揮了揮手，向正在餵野貓的官冰蕙打了聲招呼。

「嗯……」官冰蕙似乎沒想到我會出現在圖書館門外，神情有點呆滯。

遇上是種神奇的緣分，所以我沒說什麼就湊了過去，打算跟官冰蕙寒喧，還有在張鉚警告的事上問一下她的意見。

「平常都來餵貓嗎？」我蹲到官冰蕙的旁邊問道。

官冰蕙自然而然的把盒裝牛奶和一個小盤子遞了過來，說道：「我聽說了。」

「嗯？聽說了什麼？」我愣了一下，手沒有停下，把牛奶倒在盤子裡。本來在吃官冰蕙手中貓食的小黑貓轉過頭來，「喵」了一聲，似乎有點害怕我這個陌生人。

官冰蕙把貓食放到一邊，再順了順小黑貓的毛，輕聲道：「黑色號不用怕，這個哥哥根本威脅不了人和生物。」

「是哦，我根本沒有威脅……」說著這種話的我有種淡淡的悲傷。

官冰蕙的聲音充滿惡意：「是哦，他是個很溫馴的人呢！」

名叫黑色號的小貓在官冰蕙的引導下，一步步向我走過來。

話說，溫馴不應該形容在人身上哦！

在官冰蕙的指示下，黑色號伸出前爪在我褲管上蹭了一下。

「看，他被這樣都不會咬黑色號，可以親近他呢～」

官冰蕙把我當成動物嗎？還是黑色號把我當成動物呢？我才不會咬人！

在官冰蕙的指示，還有黑色號的大膽行動下，本來在官冰蕙身邊排著整齊隊形的近十隻貓貓把我圍在中心……

唔，突然發現當溫馴的動物也不差，因為——

在名為貓貓海洋中的我，被治癒了。

「聽說你拒絕了李靜和蜘蛛她們的作戰計畫。」

因為貓食和牛奶都被貓貓們吃喝完，所以大部分的貓貓都回家去了，只留下幾隻在官冰蕙和我旁邊玩耍。

我們坐到圖書館門外的長椅上。

「是的……」

「為什麼？」

我如實說道：「因為他們根本沒有計畫。」

官冰蕙似乎被我的回答逗樂，「呵呵……的確是那樣。對了，被打得痛嗎？」

「哎……這妳都知道？」

官冰蕙笑著，得意的對我說道：「當然。」

「既然都知道我被打慘了，那妳還不回去戰爭本部救亡嗎？」我裝可憐的試著問道。

敏感的官冰蕙神情一黯，搖頭道：「……暫時還不回去。」

在官冰蕙想要開溜之前，我馬上說道：「今天我被張鉚警告了。」

「哦，那要小心，他是個說到做到的人。」

「原來是這樣……」我愣一下。

官冰蕙一副不想談下去的樣子，本來我還想向她追問到底要到什麼時候才回來，她卻突然惡狠狠地回頭瞪了我一眼，然後我就失去提問的勇氣。

「我走了。」官冰蕙站了起來，把手中那一盒應該是空的牛奶盒子遞向我。

「哦……再見。」我接過盒子，再向她道別。

雖然官冰蕙走了，可是我還脫不了身。

「喵～」

因為本來正在玩耍的黑色號和其他幾隻小貓突然抓著我的褲管，伸爪想要把我手中空的牛奶盒抓下來。果然是軍師，竟然利用喵喵軍團脫身……

「好了、好了，不要搔了！」被小貓們搔得厲害，我只好繼續進行哄野貓的偉大事業。

▼ Chapter.4 ▼

驚訝，我被抓住了

假期結束，我回到學校後就聽到一個惡耗。

在朝會的時候，平常話不多的訓導主任金老師報導了一則讓所有快睡著的同學變得精神奕奕的新聞——校內女子排球隊乘車前往集訓時出了車禍，全車二十名師生均受了不同程度的傷。

當時我是沒什麼感覺，但回到教室看到二號和三號女同學的傷勢，再無意中聽到班上那群女生的討論，我就知道在校園美化社幫忙的傢伙除了三個：我、徐曲和徐詩之外，正好其他人都是女子排球隊的隊員。

那一刻，我就明白事情要變得糟糕了。

之後，那幾個參加校園美化社話劇表演的女生以右手包著石膏、左腳包著繃帶，一拐一拐地出現在我們面前時，大概誰也不會認為她們可以在一個星期之內好起來。

所以，她們接下來的話也在我和徐曲的預期之內。

「對不起，下星期的話劇我們參加不了。」

「不要緊……」徐曲的臉上現出失望的表情，儘管如此她還是努力擠出關心的微笑安慰她們，為她們打氣：「妳們的傷好起來才是重點！」

「真的對不起。」一向認真的二號同學不顧身上的傷勢，向徐曲鞠躬。

如果不論我們之間的誤解，其實二號和三號女同學都是人品很不錯的同學。發生誤解都是這個世界中所謂常識的錯！

如果我是某對叫作「○□」的兄妹，一定會在內心吶喊：We are maverick（注：《遊戲人生》OP歌詞名言）根本不需要任何常識！

我還沒有到那麼狂妄的地步，而且常識是一個人從小到大的累積，也是所謂的三觀——世界觀、人生觀、價值觀，不可能說毀滅就毀滅。只有不是生活在正常世界的人，就如那些一直隱藏在世界另一側的現代魔法師，又或許是突然得到土地公工作的雄性人類才有可能不需要常識。

「再見。」

在放學後禮堂內出現的這場讓我們不安的小劇場，不只讓徐曲不開心，竟然連我的心情也變得不太好。

她們走的走、離開的離開，最後還在禮堂的人，就只剩下我們三人。

「那怎麼辦？」徐曲苦著臉，差點就要哭出來的樣子……

不，她已經哇哇地哭了出來，抱著矮她一頭的徐詩，就像個小女孩一樣。

這種軟弱的姿態如果是出現在張玲或者張鉚的臉上，那是完全不敢想像的可怕畫面！作為領頭者，就算不能一直保持笑臉，但至少一定要表現出自信，即使那是一場表演。

在前大帥說出失格的時候，張玲在所有戰爭本部成員的面前還是看起來很鎮定，並不像徐曲現在這個樣子。

而張鉚？我還真沒有看過他失敗痛哭或是不甘心的表情，就算被李靜抓住當作人質，還是冷靜得不像人般的可怕；被盛子拒絕，依然屢敗屢戰；遊學回家之後發現手下被打敗，還馬上反擊成功爭取讓學生會穩定下來的時間……

如果不把身高的問題和花花公子的性格算上，張鉚不管是相貌還是性格都堅韌得如橡皮人，簡直是個完美的領袖！

果然，兩軍的頭目，少點自信和鎮定都不行。

不過……

真情流露還是有它的好處，至少可以讓我們這種弱者兼失敗者抱團一起討拍拍。

「不用擔心，任何事都有姐姐解決！」徐詩輕輕撫著妹妹的頭，雖然她的妹妹比這個雙馬尾的姐姐要高上不少，不過徐詩可是卯足了勁、用盡全力地踮起腳尖，還是可以撫到妹妹的頭。

「嗯嗯。」

這時，作為朋友的我當然要表態，可是當我想說出不如放棄，然後到學生會說明事實的時候，猜出我要說什麼的徐詩卻狠狠瞪了我一眼。

「唔——」最後我只好改成模稜兩可的安慰：「我們再想一下辦法吧！」

「嗯！」徐曲抽了一下鼻子，接過姐姐遞過去的手帕。

接下來因為話劇無法排練，所以我們三人就在校園內走走看看，把已經差不多完成布置的地方再做好收尾的整理工作。

放學鐘響起時，剛好完成校內所有布置。

可能是安慰起了作用，這期間徐曲像是忘記剛剛發生的事，沒有再提起有關話劇的話題。大概連她也明白，只剩下一個星期不到的時間，以我們三人，又或是找其他人，也絕對不可能成事。

別忘了現在我們三人裡，只有徐曲一個人之前有實際參與話劇的排練，而我和徐詩就僅僅是打雜的總務，連臺詞都不知道。所以又怎麼能夠以三人之力，分演已經精簡到只有六個角色的小王子呢？

離開學校的時候，我再看一眼強顏歡笑地說再見的徐曲，就明白她已經放棄了。

可是……

我的名字是江盛遠，一個被世界排斥的正直男高中生。因此倒楣又麻煩的事怎可能會離我而去呢？

「江盛遠你站住！」

在回家的路上，我被叫住了。

回過頭，我發現叫住我的人，是那個一向看我不爽、以為我是壞人、不時威嚇我的雙馬尾女生徐詩時，還是有嚇了一跳的感覺。

明明在十分鐘之前才說再見，現在又追過來，九成是有不好的事發生。

「什麼事？」

只要不是面對莎菲娜，在大部分女生面前我還是可以好好說話。

徐詩走到距離我三步的位置，瞪著我，就像我有多俊俏那樣……

「叫住我是什麼事？」

「那、那個……」

我不滿地撇了一下嘴，「趕時間。」

時間本來就有點不夠用，因為我在速食店排了班，所以一定要在六點之前換好裝扮到達速食店。

徐詩別過頭，低聲問道：「可以幫、幫我嗎？」

「嗯？什麼？」我覺得是自己聽錯，所以又再向她問了一次。

大概我這種趕急的態度讓徐詩誤會，以為我在為難她，她突然憤怒地衝我吼道：「不願意幫忙就算了！」

「哎？」在她吼了一聲之後，我馬上想起這傢伙跟李靜是同等級的怪力女，而現在這情況，我認為有很大機會被她痛打一頓，再回想起那次被李靜的迴旋踢擊飛的可怕體驗，我害怕地吞了一下口水。

「也不是不願意幫忙，不過請問是什麼事？」

「戰、戰爭本部的人不是只要有學生求助就會提供幫忙的嗎？」徐詩還沒有失去理智來攻擊我，她狡猾地沒說明是什麼事，瞪著我問。

「的確是這樣沒錯。」我點了點頭。

看著眼前這個之前才高喊要打倒戰爭本部的前學生會幹部，現在反而來向戰爭本部求助？到底是腦子有多秀逗才會來找敵人幫忙？還是她剛剛在我看不到的地方，被門板狠狠夾了一下腦袋呢？

「幫我可以嗎？我也是學校裡的學生！」徐詩雙手抓住我的手臂，激動地向我求助，就像是找到讓我幫忙的按鈕。

我可不是那個外星人，就算是按哪個位置也不會有神奇的按鈕！（注：漫畫《外星人田中太郎》的主角外星人）

我皺起眉頭細想一下，這個傢伙竟然要向前敵人求助，大概是到了山窮水盡的地步……

等等——

「妳是想我們向徐曲的話劇提供幫助嗎？」

「哎？是的，你怎麼知道？」

雖然很想說妳這傢伙應該很單純，跟李靜一樣沒什麼煩惱，所以很輕易就猜出來。不過我才沒有這樣不知好歹地說出來，而是先摸了一下鼻子，再裝摸作樣想了一會才再向她問道：「大概徐曲那個所謂提高校園美化社知名度的目的，不是事實吧？」

徐詩驚訝地張大了嘴巴，過了一會才又嘀咕道：「明明智商是負數，但是為什麼好像很聰明……」

一定是莎菲娜那傢伙到處宣傳我的智商是負數這件不實事情！

「不是負數。」我咳了一聲，無視了徐詩「白痴不會認為自己是白痴」的可惡態度，又再問道：「所以隱情是什麼？」

徐詩嘆了口氣，搔著頭，猶豫了一會，下定決心般點頭說道：「的確是有隱情……之前因為我是學生會的幹部，所以幫妹妹的社團開了很多綠燈，然後現在我被開除，而新上任的幹部跟我有著不太好的關係，所以開始打壓校園美化社，之後又是些亂七八糟的事……」

「大概能想像到。」我點了點頭，「現在的條件是校園美化社想要繼續下去，就必須要在校慶典禮之中表演對吧？」

事實證明，即使智商是負數，只要利用邏輯思考，還是可以很好的把所有事推敲出來。

「那現在可以幫我嗎？」

「不找張鉚？」我問出現在最大的疑點。如果徐詩沒有給我一個好的解釋，我是不可能會幫助看起來處境很差的她。

因為她有可能是間諜，就像赤壁之戰時周瑜跟黃蓋一起使出來的苦肉計……等等，現在張鉚和徐詩也的確是一儒一武的組合，這情況的確很有可能發生！

「沒有用……」徐曲搖頭，「王子不管這種事，不然之前我也不可能讓校園美化社逃過查核。」

「的確，只有一個人的社團，怎可能會有那麼巨大的撥款……」我想起徐曲之前在我面前按出來的數字，指著徐詩叫道：「果然是妳在搞鬼！」

「咳咳……姐姐幫妹妹是天經地義的事！」徐詩拍了一下胸口，絲毫沒有反省。

「太沒有節操了。」我強烈批評。

被我指責了的徐詩惱羞成怒，反罵道：「那你是幫還是不幫！」

為了報復她之前三番四次阻礙戰爭本部的行動，更用拳頭打碎武士王外甲的仇，我在她的面前舉起了一根手指，再囂張地搖了搖，說道：「資敵這行為是不被大帥允許的。」

這個囂張的態度讓徐詩更加憤怒，但她比李靜克制很多，沒有馬上捲起衣袖給我一記貼山靠或是超人重拳（superman punch），依然用言語來溝通：「妹妹跟你不是朋友嗎？朋友不是應該要互相幫助嗎？」

「所以——」

我雙手抱在胸前，學著張玲的招牌式大師奸笑「嘿嘿嘿」了三聲，才一臉賤樣道：「我、決、定、有、條、件、的、幫、妳！」

我不喜歡張鉚，但我不會小看他，更不會忘記在木馬作戰時被他識破的恥辱，所以對於他給盛子的警告我沒有忘記，而是十分重視！

在不能依賴官冰蕙的智慧、依靠張玲的領導時，只好自己用行動來保護身邊的戰友。

「條件？」

我重新打量了徐詩一次，摸著下巴，扮作在思考她的價值，正要開口說話的時候——

「用身體來償還，你想也別想！」

「妳要答應當戰爭本部的間諜……」

我呆了一下，撇嘴道：「什麼想也別想？如果不同意當間諜那就算了！」

「不、不是……我以為是其他……沒有——」徐詩急忙擺著手，口齒有點不清道：「可是王子回來之後沒有找過我，似乎已經忘記了我和莎菲娜是他手下最得力的助手一樣。」

「沒關係，就算沒有重新成為學生會成員，妳也要為戰爭本部提供有關妳知道的一切，以及有關學生會的計畫和資訊！」

徐詩閉上眼睛，就像是正在做重大決定一樣。

良久，徐詩睜開眼睛，凝重地點頭道：「可以。」

雖然官冰蕙不在，不過張鄃如果想要像擊潰張玲一樣把我的戰友擊潰，那就要先問過智商似乎是負數，但其實大智若愚的我！

◆◎◆※◆※◆◎◆

「盯，盛子妳遲到了。」

蜘蛛一副店長的模樣，站在已經遲了十分鐘的我的面前。

我馬上低頭道歉：「對不起……」

「搖頭，因為這段時間我是代理店長，所以不會扣妳工錢的。」

「欸？」

「大姆指，店長老家那邊有急事，這兩天就由資深的店員在不同時間代理店長！」蜘蛛對自己能當上代理店長很自豪。

如果蜘蛛像黑色號一樣有尾巴的話，大概正在擺著。

「哦……那一會再聊，我先換制服。」我馬上拉開更衣室的門，一頭扎了進去。

「點頭，快點出來前檯哦，今天也來了不少盛子的支持者。」

聽到這句話的瞬間，我就決定換制服的時間要加長到半小時以上！

但計畫被蜘蛛看破，十分鐘之後，他硬是把更衣室的門打開，強行將正在看《武士王》第二季第十三集動畫的我拉到前檯，面對那一群已經等了很久的支持者……

結果最後我為客人施展了兩個小時的愛心魔法……

因為明天還要上學，就算排班也不能工作太久，極限僅是三個小時而已。九點整，接替的代理店長出現，蜘蛛和我終於可以下班。

可能是明天還要上學的關係，所以我沒有見到固定會出現的張鉚。

「抓住，盛子——」蜘蛛在我離開洗手間的時候把我堵住，像是有很重要的事找我。

「不……」雖然知道就算逃跑也沒有用，而且我也想把張鈿對我的警告告訴蜘蛛，不過我還是下意識地做出逃走的動作。

然後？

悲劇就發生了，蜘蛛跟我一樣下意識地用出關節技，三下五除二把我制伏。

「鬆手，別逃跑嘛～」蜘蛛知道自己動作太快，馬上把我放開。

我揉著肩膀，不爽地解釋道：「因為平常都不會這樣衝過來，我還以為是特訓！」

「尷尬，先不說這事……」蜘蛛搔著臉，似乎跟我一樣以為是在特訓。過了一會蜘蛛才說道：「我希望盛子可以把官冰蕙找回來戰爭本部。」

「嗯？」我瞪大了眼睛。

「提問，答應還是不答應？」

雖然已經換回正常的裝扮，可蜘蛛還是一貫的用盛子來稱呼我，有時真的搞不明白蜘蛛的腦子到底有幾分是正常、幾分是失常，而且……現在還有一個更大的問題，就是今天似乎所有人都對我有很大的期望，為什麼一直找我幫忙呢？

「我已經試過，不過她似乎還在反省和自責中。」

蜘蛛愣了一下，眼神突然變得有點奇怪，「點頭，那……算了。」

雖然蒙著面語氣也沒有改變，可是我能感覺到蜘蛛在生氣。不是生我的氣，而是在生官冰蕙和張玲的氣。

「為什麼突然讓我找官冰蕙？」

「默，因為我覺得只有完整的戰爭本部，我們的作戰才能夠成功……我們每一個人的缺點太明顯，根本不是有張鉚坐鎮的學生會的對手。」

「我、我再試試……」

「聳肩，妳也不行的話，我只好自己進行作戰。」

蜘蛛的話一點也不鏘鏘有力，還有著將就的感覺。只不過，認識蜘蛛半年多了，我明白蜘蛛是個說到就會做到、說一就是一的人。

「不行，張鉚的下一個目標就是你！」我衝口而出。

不明白到底蜘蛛想要做什麼，更不知道張鉚要如何針對蜘蛛，但是有一點我明白——只要蜘蛛不行動，張鉚就沒有辦法對付蜘蛛。

「笑，那更好！」蜘蛛點頭。

雖然我這個不參加作戰的人根本沒有批評也沒有阻止蜘蛛的資格，可是我卻不知恥地向蜘蛛質問：「怎麼會好？如果妳也被擊敗的話，戰爭本部可以作戰的人就越來越少，永遠都無法齊齊整整五個人！」

蜘蛛歪頭瞄我一眼。

在蜘蛛的眼神中，帶著武士的決意。他連多說一句話都沒有，僅是擺了擺手，轉身，用動作結束了我們這段對話。

「等等——」

本想追上去，但眨眼間我已失去蜘蛛的蹤影。因為蜘蛛是忍者，只要不想被人發現，就不會被找出來。

「為什麼！」

握緊了拳頭，我就像那位知道世界將要發生世界末日的科學家，可是卻沒有一絲辦法能阻止，更沒有辦法解救。

我攤開緊握的拳頭，清風吹過，心漸漸平情下來，腦子也因此而清醒。

「我現在什麼都做不了……」

◆◎◆※◆※◆◎◆

帶著苦惱還有什麼也做不到的無助感苦惱了一個晚上，沒睡好，到第二天早上，我發現自己病了。

讓我更無助更憂鬱的事情接踵而至，中午我收到了一則應該是由徐詩傳過來的簡訊。

「未登記名稱用戶（詩）：蜘蛛被停課。」

蜘蛛的行動失敗。

一定是墮進張鉚的陷阱，那個早就布下了的局。

由讓我選擇開始，就已經看不明白蜘蛛到底在做什麼、腦子裡想什麼。只是現在戰爭本部裡還有在進行作戰的李靜，沒有蜘蛛在前方幫忙掩護，魯莽到難以置信的她，大概不久之後也會有同樣的結果。

「唉……」

戰爭本部完完全全的被學生會擊潰，連用無力的拳頭還手這個選項都不存在。

「卡」的一聲，房門被推開。

「好一點了沒有？」

媽媽跟李靜一樣，都是不會先敲門再進房間的人，還好我是個光明正大的男高中生，不然一定會生出很多尷尬事。

我頹然地放下手中的手機，從床上坐了起來，看了一眼把粥和藥放到桌上的媽媽。在懲罰進入第三天的時候，媽媽就把房間還給我，只是《武士王》和本來屬於我的資金依然把持在她的手中。

「還是有點頭痛。」

「吃完粥就吃藥。」

媽媽點點頭，大概是因為我生病的緣故，語氣沒有前些天那麼冷淡。

「哦……」

聽到我回應過之後，她就關上門離開我的房間。

看著桌子上的感冒藥還有白粥，雖然媽媽似乎沒有那麼生氣，但如果我一直不向李靜道歉的話，我們應該還要一段時間冷戰。

等等——

「水呢？」

沒錯，只有藥和白粥，欠缺了用來吃藥的水……果然還是我的媽媽，只有玩網路遊戲的時候會變得細心，其他時間都是粗心大意。

一口氣把粥喝完，然後拖著有點浮的腳步，到客廳倒了杯水。正在玩網路遊戲的媽媽這時才「啊」的叫了一聲，她真的到現在才發現。

心情因為這件小事變得沒那麼糟，加上剛剛吃完東西也不宜馬上休息，所以只好動用自己被貶為負數的智商。

雖然有徐詩傳過來的簡訊，但蜘蛛被停課這事其實還不肯定，因為我不知道徐詩是不是張鉚派過來的無間道，如果是，這簡訊就是特地用來擾亂我。

想要看我會做什麼出格的行動嗎？

但只要再細想，這是不可能的，因為知道這個消息的一定不只徐詩一人，如果我向跟蜘蛛同班的李靜，或是跟蜘蛛同年級的官冰蕙求證，一樣可以馬上揭穿她的詭計。

推理就到了這裡，所以結論是——

徐詩的簡訊是正確的，蜘蛛被停課是事實，但徐詩還有可能是無間道。

拍了一下自己的腦袋，都已經逃避了一個月，我其實是時候要面對了，總不能一直看著戰友被擊敗、朋友陷入困境、大帥情緒崩潰而什麼行動也不做，所以我現在要做什麼？

——想辦法讓蜘蛛回去上學。

——讓大帥回歸戰爭本部。

——幫助校園美化社出演節目。

短短的一個月裡，竟然有三個問題一次出現，而且更像是一個捆綁著的結，先解哪一個都不是。

突然間，頭開始痛了起來。揉了一下額頭，身體在響警號，提醒我不要多想，因此只好再躺到床上休息去。

嗯……

其實還有我故意忘記，那個蜘蛛讓我做出的選擇。

▼ Chapter.5 ▼

復仇者，集結！

黃昏時我再次醒了過來，全身的痛感已經消失得無影無蹤。再拍了一下自己的頭，連頭痛也好了。

我打了一個呵欠，坐直身子。既然身體好了，那就是行動的時候——

「官冰蕙！」

來到圖書館門外空地的我，戴著淡藍色的外科口罩，上身穿著一件黑色風衣，褲子是爛大街的運動褲，看起來跟打劫超商的膽小鬼很相似。

因為是偷溜出來，所以最好是在媽媽未發現之前回去，要是被她知道我竟然在感冒未完全痊癒時外出，我大概會被罵得狗血淋頭。

不過……

果然跟我想的一樣，官冰蕙在放學之後果然是先到這裡來。穿著校服的官冰蕙，正把牛奶倒進小貓專用盤子，身邊是排著隊、像是被訓練過的小貓們。

聞言，她抬起了頭，看到是我的時候，我捕捉到她嘴微微揚起來的瞬間……

感覺她是有點高興，不過一會她又低下了頭，裝作沒有發現我似的，繼續把牛奶倒進盤子裡。

「官冰蕙——」

我走到她的前方，排成一列的小貓似乎也發現了我，其中上次已經跟我混熟的黑色號更放棄第三個喝牛奶的機會，轉過頭走到我旁邊「喵喵」的叫了幾聲。

原來我在黑色號的心目中，地位比牛奶要高……我又有種被小貓治癒了的感覺。

「官冰蕙。」

可是我沒空閒應付想要抱抱的黑色號，我很認真的又叫了一次官冰蕙的名字。

官冰蕙這次更是馬上轉過身，似乎是完全不想理會我。雖然我不知道自己到底在哪個地方、什麼時候惹了官大軍師生氣，但事實勝於雄辯，官冰蕙似乎真的在生我的氣。

沒時間回想筆記本上「對付官冰蕙的正確方法」，又或者是要如何在一群小貓包圍裡哄官冰蕙開心，因為現在時間已經不夠，再遲一點的話，李靜可能也會掉入張鉚的陷阱，所以我使出自從幼稚園畢業後就沒有再用過的賴皮招數——

「官冰蕙官冰蕙官冰蕙官冰蕙官冰蕙官冰蕙官冰蕙官冰蕙官冰蕙……」

傳說中無限煩人的連環呼喚！

「夠了——」官冰蕙黑著臉把牛奶放下，白色的奶水濺了一地。她手一橫，向小貓們下達衝鋒命令：「給我去揍他！明明知道我在這卻幾乎一個星期都沒有來找我！」

「啊？」我呆了一下，然後自信地笑了起來，「野貓怎會聽妳任命令——怎麼可能！」

事實證明，學會排隊的小貓，就算學會衝鋒也不是沒有可能的事。

被官冰蕙訓練過的小貓，在牛奶和官冰蕙命令的兩者之間猶豫一下後，選擇了集團式向我發起無畏衝鋒，而作為頭號大隊長的黑色號更是一躍到我的胸前，要不是我動作快馬上把牠抱住，應該會被擊中頭部。

「投降、投降！」

小貓在衝擊之後，又喝飽了牛奶、吃飽了貓食，都作鳥獸散，除了大隊長黑色號還黏在我身上不走之外。

終於在經過十多分鐘的小貓軍團之亂後，我終於可以跟小貓軍團長官冰蕙說上話了。

「說吧，什麼事？」官冰蕙瞪著我。

「唔……」雖然是拿起勇氣硬著頭皮過來，可是到開口的時候，我才發現自己原來十分怕被她拒絕。

官冰蕙皺了一下眉，氣勢逼人的向我問道：「到底怎麼了？」

我深吸了一口氣，「我要妳——」

說到「來幫忙」時，我卻因為緊張而咬到了舌頭，可能是剛剛不斷重複官冰蕙三個字的時候說得太順口所導致。

「啊？」官冰蕙突然退了一步，白玉似的臉蛋浮現出一絲紅暈。

「不是，咳咳——」我猛擺著手，消去她的誤會，吞了一下口水，才一字一句慢慢地說道：「我要妳的幫忙。」

「什麼嘛～不會說清楚一點！」官冰蕙輕呼了口氣，整個人像是放鬆下來。

「蜘蛛的事妳知道了嗎？」

「知道，但你不是已經警告過一次了嗎？怎麼蜘蛛又去自投羅網？」

與其說官冰蕙是在提問，不如說她是在質問……

剛才的小貓軍團式衝擊，肯定是她對我沒有阻止蜘蛛而做出的懲罰。

如果是半年多之前，剛剛進入戰爭本部的我，一定會拚命的向官冰蕙解釋：那是因為蜘蛛自作主張，不聽別人勸。

不過現在的我已經不會這樣做。

因為在這半年間，我學到了一件事——作戰出問題的時候，最先要做的事不是責備出錯的戰友，或試圖由事件中抽身，而是把十成十的心機放在解決此刻存在的問題上！

「蜘蛛的事是我沒能成功勸阻。不過，當務之急是先讓李靜別再行動！」我在理清所有問題之後，得出的第一個解開繩結的方法，就是別再讓戰本部的成員在無謂的戰鬥中消耗戰鬥力。

官冰蕙嘴角微微上揚，回復她一貫的自信態度，她不可一世地說道：「蜘蛛出事之後，我就已經發了不要行動的簡訊給小靜。」

「哎……」我愣了一下，官冰蕙真的不愧是軍師，總是比人先一步理清問題，又先一步部署行動。

「然後，就這一件事？」官冰蕙瞇起眼，明知故問道。

「還有……」我搔著臉。

「快點，不說我就回家吃飯去了哦！」

我深了一口氣。

被判定為失格而崩潰的張玲、一直在自責而以反省為理由逃避的官冰蕙、跟我出現分歧的李靜、因為不想面對問題而離開的我，還有因為逼我做出抉擇而像武士切腹般投入陷阱的蜘蛛……

我踏出解開這個死結的第一步──

「回來戰爭本部！因為我要成為代理的大帥，我要妳幫助我，成為我的軍師，我要重整戰爭本部！」

這是由張玲自我放逐後，我想出來的辦法：由我們之中的一個成為代理大帥，然後展開作戰。

「哎？」官冰蕙狀況外地歪頭。

「如果妳答應，那妳就不是大帥手下的軍師官冰蕙，而是江盛遠手下的軍師官冰蕙，所以反省什麼的根本不需要理會！」

「哦……喔……」

在激昂過後，我戰戰兢兢地問道：「不、不願意嗎？」

官冰蕙在愕然之後就開始笑起來，不是苦笑，而是自信的微笑，「也不是不可以，不過要看你的戰略可不可以說服我。」

「好的！」

如果得到了官冰蕙的協助，那至少不用擔心自己落入張鉚的陷阱而不自知。可是這樣仍未足夠，現在只有智者，而行動力還是有所欠缺，因此——

「第一步的行動是召回李靜和蜘蛛。」

官冰蕙一點也不意外的樣子點了點頭，又問道：「然後？」

「不問我如何召回蜘蛛嗎？」

「我不覺得你那負數的智商，可以想出周全的計畫以解除蜘蛛的停課命令。」官冰蕙絲毫沒有給我這個新的代理大帥面子，「不過沒關係，那是由我來想辦法的，作為新手的代理大帥，只要定個方向就行。」

「嗯……」雖然聽起來的感覺很差，不過有人可以依靠，不用再自己想辦法的感覺真是好得不得了，「然後是第二步，展開『迎接大帥的回歸計畫』。」

「哦？」

「在這個計畫開始之前，我要知道前大帥和大帥之間的事。」我點了點頭，在官冰蕙想要開口之前，搶先一步說道：「而第三步則是和第二步同時進行──」

「等等，還有第三步？你不會是想以現在的戰爭本部去跟學生會對拚吧？」

官冰蕙高聲叫了出來，還好身邊沒有其他人，不然一定會有人以為我對她做了某些不道德的非法行為。

「是的，還有第三步，我們要破壞學生會的詭計！」

官冰蕙皺起了眉頭，這應該是她第一次想不明白我話裡的意思。雖然是僅僅一次，不過並不值得我沾沾自喜，因為是我和她的信息量不對等所導致。

「我決定要在校慶表演上大鬧一場！」

「……這是代替『考試無效化作戰』嗎？」

「是的，我知道如果要讓李靜安安分分的聽指揮，就要給一個『理由』，而碰巧我在徐詩手中得到這樣的機會。」

「徐詩？機會？」

沒有蜘蛛提供情報的官冰蕙至少少了五成以上的戰鬥力……

接下來，我把所有的事情完完本本地告訴了她：徐曲的表演、徐詩作為間諜以及學生會內的那些事。

「這是張鉚的陷阱。」官冰蕙一口咬定。

「怎可能？」

「沒有什麼不可能。」官冰蕙搖了搖頭，「我認為張鉚在擊潰大帥之後的計畫，正是利用徐詩和徐曲策反你……」

「不——」我本能的否認。

「不用否認，你那時沒有去戰爭本部的事我都知道了一點，你是不是漸漸認為自己回復名聲，不用再去當『魔王』？」

我沉默了下來。

「然而計畫趕不上變化，假期開始的時候舞臺劇表演的成員受了傷，同化你的效果起了疑問，因此張鉚主動改變戰術，利用盛子向蜘蛛傳達一個訊息——你做的事我都知道了，再進行的話就會投入陷阱。」

「張鉚知道盛子就是我？」我驚訝地張大了口。

「不知道，如果知道盛子就是你，他不會選擇利用盛子提醒蜘蛛，這是他的破綻。」

「那──」

「先聽我說完！」

官冰蕙狠狠地拍了我一下，連我懷中的黑色號也有模有樣的跟著對我「喵！」了一聲。

「是……」

「張鉚改變的戰術，就是讓蜘蛛選擇自投羅網，以此為契機，讓我們再次聚在一起。」

聽到這裡的我心寒了一下，現在到這裡的所有行動，基本上都完全是依著張鉚布下的局來走。

如果說是煽動或是組織士氣，張玲無疑是我見過最強的人，可是如果論掌握人性，張鉚是當之無愧的第一。

「最後就是重點中的重點，讓我們幫助徐曲出演舞臺劇，作戰時把我們一網打盡……」

官冰蕙笑道。

我不服輸地反問道：「但是如果我們聚在一起，那妳不也一樣可以推理出所有的事情嗎？到頭來同樣是被我們破解。而且徐詩怎會利用徐曲，她們是親姐妹！」

「大帥和張鉚都是親兄妹，不也一樣鬥得你死我活嗎？」官冰蕙舉起食指搖了搖，「而且如果你不是盛子，你就不會在被張鉚警告的時候，來找我求助，然後我完全不可能知道這件事……」

「……消息的不對等。」

戰爭本部現在不只需要齊心一致，更需要對消息的掌握。想不到當時蜘蛛讓我到女僕速食店打工的舉動，到現在竟然是最重要的一環。

「那我們……」

官冰蕙自信地笑著，像是就算有千軍萬馬在面前，也可以談笑一樣的鎮定，「無他，將計就計。」

「嗯？」

「既然對方用苦用計，那我們就利用張鉚的計算，進行反擊！」

「所以？」

官冰蕙瞪了我一眼說道：「不是『所以』。現在你是代理大帥，是由你來決定做到哪個程度，不是由我來決定。快點發號司令！」

「是──是！」

官冰蕙恨鐵不成鋼地搖了搖頭，但我已經看到她嘴角微微揚起，明顯是高興。她這種口不對心的程度應該和她的遇事不驚一樣，同屬千軍萬馬級別。

「前大帥的事妳知道嗎？」

官冰蕙點頭之後卻說道：「把第一步的事都完成之後，才再集結我們所有人知道的情況，再說明一次，那會更加方便而且亦不會出錯。」

就這樣，我和官冰蕙就各自行動，她去找蜘蛛，我哄回李靜……才怪！

現在李靜見到我不知道會不會馬上變身金色頭髮的超級菜野人，然後把我生撕，所以誰會笨笨的單人匹馬去找她……

◆◎◆※◆※◆◎◆

「有精神點，別閃閃躲躲的！」

坐在我旁邊的官冰蕙用力拍了我一下。

離開圖書館門外的空地後，官冰蕙馬上發簡訊給李靜和蜘蛛，讓兩人立刻過來社區內的一間咖啡廳集合。

雖然蜘蛛被停課，但不是被限制人生自由，而且蜘蛛即使被停課，我認為蜘蛛還是能夠利用自己的能力在學校裡自由出入。

「是害怕好嗎……」雖然過了差不多一星期，可是在街上商店看到安全褲的時候，臉頰還是會感到有種火辣辣的痛感。

「切……不就是小靜被踢了一下。」官冰蕙撇了撇嘴，出手拍我的頭，又說道：「現在還痛？讓我看看——」

在我轉過頭後，官冰蕙輕輕揉了一下我的左臉，「痛？」

其實已經不痛了，因為那次的攻擊被手臂完全防禦下來。儘管當時感覺自己快死了，但頭暈過去後，發現手臂上只有因格擋而造成的瘀傷，以及手腳皮膚擦傷。

這一次是前所未有的被官冰蕙關心，而作為一個正直的男高中生，我決定——

「還有點痛……」說一個小謊，騙騙官冰蕙同情還是很不錯的。

「都已經是代理大帥了，一點痛也忍不了怎麼行？」官冰蕙就像雞婆的大媽一樣，從手提包中拿出一瓶雪花藥膏，拈起了一點塗在我的臉上。

冰冰涼涼的，就算臉上沒痛感，感覺還是很舒服。

「好了。」

大病之後果然是有好處，本來凶悍毒舌的官冰蕙現在也變成溫柔的小護士。但這上天對我並沒什麼好感，好事馬上到頭——

「啪」的一聲，李靜的手用力地拍在咖啡廳的桌子上。她的突然出現讓我和官冰蕙嚇了一跳。

「來了的說。」

李靜怪獸暴力地拉開了我對面的椅子，而椅子識趣地「吱啞」慘叫。還好椅子質量不差，所以到李靜坐上去的時候還沒有出現散架的情況。

「哦～還差蜘蛛。」官冰蕙尷尬地點頭。

「切，我去點餐的說！」李靜不知為何，連著對官冰蕙和我也發起脾氣，轉身就走向了櫃檯。

「去，快去幫小靜。」官冰蕙一邊用面紙清潔指尖上的雪花藥膏，一邊對我說道。可是她的話聽起來不太由衷，似乎並不想要我去幫李靜一樣。

「哎……」我搔著頭，站起身，走到李靜那邊。

之前就想過，到底要怎麼開口跟李靜說話。但是到了實際情況時，我根本開不了口……是的，我一來到李靜旁邊想要開口說話的時候，就是遭受一記狠狠的肘擊！

「沒看到你在，對不起的說。」李靜一臉「我是故意」的說著，又「哼」了一聲，就拿著她的飲品回去。

我呼了一口氣，揉著不太痛的肚子。

這不科學啊！

李靜明明是一拳可以打爆地球，一腳可以踢穿次元的存在，怎可能會留力？這一擊的力度比起平常的拍肩還要小。

我搖了搖頭，不痛也好，反正我又不是被虐狂，而且她會跟我說對不起就代表可以溝通說話。

接下來就是等蜘蛛來到……

「點頭，可以開始了。」悄然無聲的蜘蛛，不知何時已經坐到李靜旁邊的位置上。

「啊！」我和李靜幾乎同時驚叫。

官冰蕙掩嘴，「……可以不要這樣嚇人嗎？」

「奸笑，我喜歡嚇你們一跳。」

「惡趣味的說。」李靜嘟著嘴，長短的雙馬尾因為不爽而一擺一擺著。

唔、我覺得總比妳生氣就會把人當沙包打要好得多。

「大笑，我絕對不會說我聽到剛才盛子的碎碎唸。」

「咳咳、嗯……」本來喝著一口紅茶的我，差著被噎著。

李靜皺眉直視著我，「是什麼的說？」

我馬上看向官冰蕙，等著她來說話圓場，至少也要把方向帶回去作戰上。只不過她卻裝作沒有看到我的求救般，吸了一口冰奶茶，完全沒有打算發言。

李靜從剛才開始就脾氣很大，圓臉上的一對大眼瞪著，雖然是娃娃音，可是作為十分熟悉她的我就知道，如果不把話題拉回去，恐怕會變成的怒氣爆滿的憤怒連擊。

「到底怎麼的說？」

「盛遠你說明吧。」官冰蕙推了我一下。

「啊？」我知道官冰蕙把我這個代理大帥推到前面，是因為她之前請假請太久，不好意思馬上指東指西……

我之所以當代理大師，就是因為官冰蕙介意這些。雖然李靜和蜘蛛明顯不會有這樣的顧慮，但……總之，我現在就是要顧及官冰蕙的無謂自尊心。

官冰蕙催促：「不是說要當代理大師嗎？」

「哦……是的。」我輕咳了一聲，正色道：「大師整整一個月都沒有出現，戰爭本部已經陷入幾乎最後的關頭。」

「嗯。」李靜和蜘蛛很配合地點了點頭，不過兩人的臉上都帶著猶豫。

「所以我決定擔當代理大師的位置，讓我們再聚到一起。」我握緊了拳頭，內心帶著武士王的激昂，「而第一個作戰就是要讓大師回歸！」

李靜重重地點頭，而蜘蛛卻皺起了眉頭。

「疑惑，就算定下了作戰，也不過是之前的結果……」

「不是的，之前那一次的失敗是因為我們盲目行動所致。」我食指敲著桌子，試圖指出重點，「大師之所以不出現，是因為前大師的話。」

「點頭，可是我們根本無法說動前大師改變……」

「不一定要馬上就請前大帥出來，我想先了解為什麼前大帥對大帥那麼重要。」我意外地說了一句跟繞口令似的句子。

「猶豫，那……」蜘蛛轉過頭看向官冰蕙，就像是在確認能不能告訴我一樣。

「我自己來說。又不是什麼大事。」官冰蕙笑著回答。

「是什麼的說？」李靜舉起手發問。

看來她跟我一樣，大部分的事情都不知道。

「一年多前，當我剛剛加入戰爭本部，依然是小娜派過來的臥底時所發生的事。」官冰蕙並不清楚大帥連這件事也告訴了我，尷尬地笑道：「本來我還策劃要怎麼把新生的戰爭本部打進地底深淵，大帥那時也計畫向學生會報復，然而在所有陰謀、陽謀發動前，前大帥沒有預警的出現在我們集會的實驗室裡。」

「我記得這件事的說！」李靜還是很會給反應的雙馬尾，猛點著頭道。

混雜著疑問視線的我向官冰蕙問道：「他過來是為了什麼？」

官冰蕙回答：「他來告訴我和大帥，那位被我們設計而被打到住院的學生醒來了。」

「等等，就是那個由妳們設計出來瓦解舊戰爭本部的陷阱嗎？」

「就是我和大帥故意向欺凌方還有舊戰爭本部放出消息，最後將舊戰爭本部連根拔起的那一次。」官冰蕙光明正大挺著胸膛把不堪回首的事說了出來，讓我異常佩服。

「被打到住院……他一定傷得不輕吧？」我瞪大了眼睛，之前只以為是普通打鬥，現在看來似乎不是那樣。

「最後事件發展成械鬥，那位學生被打成重傷，昏迷了差不多半年。」官冰蕙手指捲著一縷秀髮，很不好意思似的移開了視線，「前大帥來戰爭本部，是要把感謝信和一袋餅乾交到大帥的手上……可笑的是，前大帥竟然說是那個被欺負的學生送給我們的。」

我張大了嘴，即使之前就知道，但這時也完全跟不上那個學生的思維，「感謝？」

「那人感謝我們通知戰爭本部來解救他，感謝學生會通知……真是諷刺！」官冰蕙自嘲地笑著。

我插不了話，連帶著李靜也僅能眨著一對大眼。

「我看完那一封感謝信之後，心裡像是堵了一道牆，心想這個世界上怎麼會有向間接讓他受傷住院的始作俑者道謝的人。接下來，想不明白的大帥和我，一起去探望他，想知道他是不是被打傻了。」

李靜被官冰蕙突然而來的幽默感弄得哄笑了，「那他是不是真的被打傻了？」

「沒有，他沒有被打傻，更說如果我們沒有叫上戰爭本部的同學，他可能以後也醒不過來，所以是真心感謝大帥和我。」

聽到這裡，本來的幽默也消退開了，官冰蕙臉上僅留下自責，「如果不是我們通知霸凌的人，他又怎麼會被打得昏迷呢？可笑的是，我們走出醫院之後，大帥拉著失魂的我問了一句——我們有沒有做錯？」

我想回答「有」，可是卻不敢說出來打擊依然懊悔的官冰蕙。

「如果以我在進入高中之後的理解，瓦解戰爭本部是學生會和學校的終極目標，可是我在進入高中之前，一直都以為學生會和學校應該是為了保護學生而設，他們都是應該為了學生而存在。」官冰蕙深深地嘆了口氣，「可我怎麼樣也想不明白、想不通……當我們還是學生會幹部的時候，只想著要怎麼消滅邪惡的戰爭本部。至於學生？那是用來打倒邪惡的工具，從來都不被我們所關心。」

聽到這裡，我漸漸開始明白前大帥在張玲心裡的分量和位置……

「沒有得到答案的我們，又或者是說沒有膽量說出答案的我們，找到了前大帥，然後問

出了我們想要的答案——我們沒有做錯，錯在學生會歪曲了自身的存在意義。」

「存在意義？」我皺起了眉頭。

「學生會利用自身也是學生組成的優勢來瓦解戰爭本部，這就是學校賦予現在學生會的存在意義。」

「那戰爭本部的就是反過來？」

「不是，戰爭本部一開始的目的就不是瓦解學生會……」官冰蕙在這停頓了一下，視線掃過我們四人之後才說道：「而是為了反抗學校專制的組織，是一個單純為了學生的組織。」

「提問，前大帥那時還有說什麼嗎？」

這一段故事，恐怕連蜘蛛也不知道。

「那一天，我們有問他為什麼知道是陷阱他還去，而他回答我們……」

官冰蕙寧靜地閉著雙眼，輕輕吐息著。良久，她才一字一句把話說出來——

「我知道是陷阱，也知道會被退學，但那又如何？我維持自己心中的正義，不對世俗妥協，不會說迫不得已，不讓自己後悔，相信自己的同伴，那才是戰爭本部的大帥。」

我呆愣著。

不對世俗妥協？不會說迫不得已？前大帥真是個一直保持自己內心純粹的人，反觀我就做不到。上了高中後，因為想要別人接受，就把自己的過去消滅，讓自己變得主流，別人會做的事自己也去做，別人覺得白痴又中二的事就拚命去隱藏……

望向坦蕩蕩的官冰蕙，我自慚形穢，原來自己並不是想像中的武士王，僅是個戴著面具的無面人！

聰明人不會把原本的自己表露在別人面前，不似李靜、不似徐曲，她們的情緒就放在臉上。官冰蕙把壓在心裡的話一次說出來，那就代表她把我們完全當成了同伴和戰友——

「拍肩，我想這次的作戰已經有了大概的目標了。」蜘蛛輕輕拍著官冰蕙的肩膀，給她鼓勵。

官冰蕙輕呼了一口氣，張開眼睛、戰戰兢兢地看著我們，就像是怕我們會笑她一樣。

「沒錯的說，只像前大帥說的那樣就可以的說！」

李靜應該沒有完全聽明白前大帥那番話的意思，不過她本來就是那一番話的實際行動者，每一天都開心的做最真的自己。

……果然這裡只有我是渣渣。

「在那一句之後，前大帥就正式把戰爭本部交到大帥的手中……好了，這就是我所知道的前大帥。」官冰蕙拍了拍手，一臉輕鬆。

「我知道、我知道的說！」

接下來從李靜和蜘蛛的口中，了解前大帥其他方面的事。雖然缺點也不少，但是總括而言，他是個絕不違心的硬漢，在戰爭本部的宗旨上更是當之無愧的實行者。

同一時間，我明白張玲為什麼會崩潰……

對比起前大帥，這樣的我作為代理大帥，真的可以嗎？

▼ Chapter.6 ▼
與爬行者的和平協議

「提問，現在再去大師的家，真的有用嗎？」

如果這個是張玲下的命令，蜘蛛絕對不會質疑，但改成是由我來下達的話，那質疑就成了必然的事。

在離開咖啡廳之後，天色已晚，但我們卻沒有各自回家，而是由我打著試試召回大師的旗子，整隊人一起到張玲家裡去探望。

「有用的。」官冰蕙代我回答了蜘蛛。

我點了點頭，這行動有用的地方，並不是真的可以把大師勸回來，而是可以讓我內心好過一點。

張玲那麼厲害卻被前大師認為是不合格的失敗者，那我這種沒有貫徹始終的人，是不是真的可以成為代理大師呢？

走到失敗者的面前拿取想要的成功感，是很卑鄙的行動，一點也不像武士王。

只不過這種能輕易得到的自信，對我而言，十分需要。

「對不起，二小姐還是不見任何人。」

帥氣管家還是像門神一樣，擋在我們的面前，不讓我們再寸進一步。

早就知道會面對這種情況，作為指揮的代理大帥，我第一次動用所有戰爭本部成員的權力——

「李靜，上！」

「唔……」李靜嘟起了嘴，才點頭說道：「好的說。」

看來李靜對我還有很大的不滿，只是礙於我是代理大帥，加上這命令應該很合她心意，所以嘟起小嘴照常執行。

帥氣管家皺起了眉頭，可惜以他一向作為普通人的常識，十有八九也猜不明白我字面上的意思。

李靜可沒有理解錯誤，穿著休閒服短裙的她，帶著一抹狂風，呼嘯如流星軌跡的長短雙馬尾——

「喝！」

一記比起界●拳的衝拳，直擊在帥氣管家的肚子上……

「唔——」

巨大的力量讓管家失重，眼睛瞪得老大，口中吐出大概是胃酸的液體。接下來李靜又來了一拳，帥氣管家整個人倒飛出去。

如果是在格鬥遊戲，一定會彈出一個大大的「ＫＯ」字樣。

本來還想要李靜再把那幾個保全收拾掉，只是他們在看到那個被李靜打趴的管家就算再掙扎也沒能爬起來之後，就老實地關上警衛室的門，對我們做出了一個「大爺請進別管我這雜魚」的手勢。

「蜘蛛帶路！」我下了第二個命令，一行四人快步闖進張玲的家裡。

本以為在到達大宅之前還有一番惡鬥，不過除了帥氣管家之外，花園內空無一人，所以本想著讓李靜大殺四方好發洩她多餘力量的我失望了。

這情況在推開大宅門的時候轉變了——

「江盛遠、官冰蕙、李靜還有朱之！」

三十個戴著頭盔、全副武裝的保全站在我們的身前。儘管他們好像很厲害，但看到他們之中有些人正在顫抖就知道，對方不過是一群雜魚。

其中一個長得像魚人更疑似是隊長的人站到了前方，硬氣的對我宣告：「二小姐說了不見你們，快離開吧！」

朱之？誰啊？我愕了一下，再把「朱」和「之」對調，發現那應該就是蜘蛛的真名。雖然是第一次聽到蜘蛛的真名，但是現在不是興奮發現小秘密的時候。我大喝道：「如果我們說不呢？」

「武力驅逐。」帶著雜魚的魚人隊長氣定神閒地說道。我們想要見到張玲，就必須要破開這層三十人防禦。因此我想也沒想，師氣的對魚人隊長笑道：「你要戰，便戰！」

說罷，戰爭本部開啟戰鬥模式。李靜作為頭號大將，自然是帶頭衝鋒。她雖然矮小，不過雙拳的力量比起九牛二虎更為可怕。

轉瞬間，將三十人的防線撕開，路過之處全無一合之將……

魚人隊長為避免傷亡過大，下達眾人退開讓我們通行的命令。把雜魚變成一個凶悍的團隊？除非隊長是斯巴達人，不然連林●豪也沒辦法用靈氣把雜魚升級。

最後事實證明，對方的戰力是基本上連五都不到的渣渣。

「大帥應該要把家裡的保全都換了。」官冰蕙拍了拍手，十分不滿意地說道。

「是我太強的說！」李靜拍著平平的胸口囂張又自信地笑道。

「招手，跟上。」蜘蛛打斷了二人的對話。

接下來，我們推撞了幾下，李靜更是囂張的把擋在身前的傢伙搬開，可笑是對方也不反抗，就像在街上靜坐的示威者，我們沒花多少時間就來到張玲所在的房間。

李靜暴力地推開門，就像闖進惡龍城堡的王子，拯救被惡龍囚禁的張玲。

「大帥，小靜來了的說！」

沒有看到那個囂張的張玲，也沒有看到最強的大帥，更沒有看到「嘿嘿嘿」笑著的女生……我只看到一個坐在電腦桌前包著風衣的疑似球體，只露出一對眼睛看著電腦螢幕的宅生物。

「啊……不是說了不見的嗎？」

那團名為張玲、散發出憂鬱氣息的球體，任誰也不相信她是曾經主宰戰爭本部的大帥。

我看到官冰蕙握緊了拳頭，連時刻保持著冷靜的蜘蛛也一副想要暴打這個頹廢宅生物的念頭，所以別說李靜了。

當然，我是不可能會讓他們動手的。我張開手攔住三人，接著走到名為張玲的風衣球體前，沉聲說道：「不要逃避，回來吧。」

張玲的眼睛在晃動，所以我判定灰球體裡的她應該是在搖頭。

「不行，我失格了。」

「那好……」

「嗯。」張玲應了一聲。

「那換我當戰爭本部的大帥，不是代理！我會讓戰爭本部經營得比妳是大帥的時候更好更厲害，改革整間學校，讓所有的學生可以自由自在的享受他們的校園生活！」

「……你做得到的話就去做。」

張玲別過頭，眼睛都看不見了，在球體中只能看到那個逆「卍」字的髮夾。

「我們走吧，別管她了。」

我們沒有回頭，被放倒的保全雜魚眾在魚人隊長帶領下，把我們恭送出大宅門外，走的時候我還聽到他們在說著永遠別再來的話。

前往車站的時候，李靜提出了一個很有建設性的問題——

「現在怎麼辦的說？」

「之前已經知道會是這種結果，雖然大帥現在的情況比起想像中更嚴重了一些。」官冰蕙冷靜了下來，瞄了我一眼。

我知道官冰蕙在猶豫什麼，所以馬上說道：「『復活大帥作戰』繼續，本次行動代號：逆卍。」

官冰蕙第一個笑起來，接著蜘蛛和李靜也笑了起來……

◆◎◆※◆※◆◎◆

回到家，當然是被媽媽和爸爸一陣臭罵，說病了還往街外亂跑，只不過當我身後出現因為忘記帶鑰匙、最後不得不過來求救的李靜時，這兩個被李靜俘虜的成年人就笑著稱讚我是個有擔當的好青年。

敢情這兩位想像力有三千萬牛頓的傢伙，以為我是為了幫李靜的忙，才會偷偷跑出去。

誤解對我來說是常態，感覺已經快要到達——

只要是地球人，就會對江盛遠這個高中男生生出誤解！

還記得第一次出現李靜來家裡住這種情況的時候，有一個問題糾纏住兩老：不知道要怎麼分配房間。

當然，現在是完美地解決了，只是第一次的時候可是讓我爭辯了很久。

對正常家庭來說，最理想的狀態自然是李靜跟妹妹一起睡，不要騷擾到我，可是……「妹妹」是個正港的男生，那就有點不妥。

至於把李靜丟到沙發上睡嗎？這個我認為他們寧願把我丟在大街，也不會讓李靜受一丁點委屈。

那時的我只好在最不合理的方案之中，選出一個讓我最舒適的方案——李靜睡我的房間，我跟弟弟一起睡。

然後，當李靜來我家過夜成了常態後，就以這種模式一直進行下去。

「快去洗澡，媽媽買了新的睡衣給妳，那個什麼……什麼……龍。」媽媽一邊在我的衣櫃裡翻找著李靜的衣服，一邊對癱在沙發上像是很累李靜說道。

我是絕不會提醒媽媽，那東西不叫什麼什麼龍，而是叫作吐血龍。

李靜看到吐血龍之後，整個人又恢復起精神來，「謝謝阿姨的說！」

接著李靜就被媽媽推著進浴室裡去，我也因為在媽媽眼中順利把李靜哄回來，所以所有的《武士王》和行動資金解禁，於是我正把我的《武士王》收藏重新整理。

不過到現在，李靜跟我還是沒有和解。除了剛才說了沒有帶鑰匙之類的話，就完全沒有再說過任何一句……

明明是她先把我痛揍了一頓，為什麼我反而要當先開口說話申請和解的一方呢？

一想到這裡，我就連整理《武士王》的心情都沒有，把正在溫習功課的弟弟拉出房間，把自己鎖在房間裡寫計畫書。

本來以為把李靜帶回家就是大功告成，慢慢可以當作沒事發生。可是李靜很倔強，除了早上的「早安的說」和晚飯時的「大家吃飯的說」之外，就沒有一句話是對我說的。

這樣的狀態自然被媽媽收在眼底，所以第二天一早，當李靜還在洗手間洗臉的時候，我被媽媽捏著耳朵，狠狠教訓道：「小靜還未原諒你是吧？」

「沒有啦，都道歉了……」我睜著眼說瞎話。

「我不管，就算是女生出錯，也應該由男生先道歉，明不明白？」

這哪門子道理？還是男女平等嗎？

在李靜出來之後，媽媽就沒有再教訓我，冷冷地瞪了我一眼後，就將我們送了出門。

由我先道歉嗎？

我是被打的那個耶……

但我又仔細想了一會，其實真的是我先違背了李靜對我的信任。既然是女生，那就沒辦法，某個先人不是有說過唯小人與女子難養嗎？

「李靜——」

出門之後，我叫住了想先一步離開的李靜。

「……怎麼的說？」李靜一臉不爽地轉過了頭。

如果這是愛情文字冒險遊戲，我面前馬上就會彈出三個選項。只不過這是現實，而我是一個正直又孝順的高中男生。

向李靜擺出低姿態並不是代表我屈服在她的鐵拳和迴旋踢之下，也不是因為沒有李靜一直在耳邊呱呱叫讓我很不適應，更絕對沒有想要讓李靜待在我身邊的想法。

只不過是因為我個人和家裡的問題，與她和解對於戰事本部還是對我的生活來說，仍是十分有用的。

我有點尷尬地別過頭，對李靜說道：「和……和解好嗎？」

這一瞬間，空氣似乎靜了下來。

心裡有十萬個不服，但如果這時被李靜拒絕和解的話，我有信心自己一定會馬上轉頭回家大哭。

李靜的臉突然紅了起來，點頭說道：「也……可以的說。」

我心中很高興，但如果真是表露出來的話，感覺自己一定會被張玲她們恥笑，所以我馬上拉開了話題，指著李靜說道：「那就這樣說定，別再無故打我！」

李靜愣了一愣才點頭。

並肩走著的時候，李靜用著以為我聽不到的聲音嘀咕道：「明明重組戰爭本部應該要先找姐姐，為什麼是找軍師？」

突然間，我想明白了。

這個矮小的長短雙馬尾暴力女生，是因為我在重組戰爭本部的時候第一個找的人不是她而嫉妒，咖啡廳裡的肘擊就是因為這樣而發生……

可惡，早知道如此，召回順序的第一個一定先找李靜！

不知道現在可不可以重新載入存檔？如果昨天先找李靜，我就不用受媽媽的捏耳朵還有李靜的肘擊了。

回想起自己的白痴行為，讓整天上課的心情都好不起來。

◆◎◆※◆※◆◎◆

到了放學之後，我們戰爭本部裡還可以上學的三人以及被停課卻不知從哪個地方鑽出來的蜘蛛，久違的在實驗室裡碰頭。

「蜘蛛的停課已經解決了，明天就可以回來參戰。」

官冰蕙輕描淡寫地說著，只是我知道她做了很多的準備和功夫。

「感謝。」

今天的蜘蛛穿著真正的忍者服，看來蜘蛛不是單純的喜歡忍者這種人物。

「辛苦了的說！」

今天的李靜元氣十足，聲音也大了幾分。

跟李靜和解了真好，又可以看到她那張蠢呆的笑臉……等等，現在不是想這些無聊事情的時候！

「復活大帥的作戰計畫。」我把昨天晚上寫好的計畫書放到他們的面前。本來這事應該是官冰蕙做的，不過她要解決蜘蛛停課的事，所以初步的計畫就由我來敲定。

【復活大帥作戰】

逆卍之一：接受校園美化社幫助舞臺劇的請求。

逆卍之二：與前大帥面談。

逆卍之三：……

「為什麼要幫校園美化社？還有逆卍之三是什麼？『……』，到底是要怎麼做的說？」

我出品的計畫書要形容的話，就是讀作大意清晰、寫作簡陋異常，所以平常要思考一會的李靜，今天可以馬上舉手提問。

「幫校園美化社是因為要反間。」官冰蕙笑了笑，代我回答道。

果然有一個軍師幫忙就是爽，回答問題都不用自己消耗腦細胞。怪不得張玲還未成為戰爭本部的大帥前，就已經招了官冰蕙和沙菲娜當手下。

「反間？」

「徐曲和徐詩是張鉚的間諜，用來離間盛遠和戰爭本部的關係。」

官冰蕙直接把間諜的帽子也扣了在徐曲的身上，讓我想要馬上幫她澄清。只是李靜和蜘蛛卻一副想當然爾的樣子。

「難怪盛遠名聲那麼差也會當盛遠的朋友，原來是埋伏的說！」

李靜自以為很合情理的分析我和徐曲之間真誠的友情。

「點頭，徐曲這種想要抱回家當女朋友第一名的女生，怎麼可能會是盛遠的朋友呢？」

蜘蛛說的話讓我馬上就想哭出來。

到底是哪個壞組織把我的名聲一次又一次的搞臭！

「徐曲不是，她只是——」

「只是這方面沒有什麼好說的，還是先回答逆卍之三的部分吧！」官冰蕙半掩著嘴，似乎對自己的惡作劇很是喜歡。

「點頭，還是逆卍之三比較重要，那到底是什麼？」

「這個……逆卍之三的部分，我還未想到。」我弱弱地說道，看了一眼不發言的官冰蕙和蜘蛛，兩人似乎有點失望。

果然我這個代理大師做得不是一點的差……

然而，蜘蛛卻笑著說道：「笑，我們來一起討論吧！」

「雖然是個蠢材，不過現在的大方向正確，接下來的細節由我來補完就好了……畢竟我也沒期望蠢材的智商可以想完所有的計畫。」官冰蕙囂張地說道。

可惡，把前兩天那個溫柔的官冰蕙還回來！我才不要這個毒舌的！

想了千言萬語去反抗，可是到了最後，我的口裡僅是發出了——

「……嗯。」

不甘心，但我的確沒有官冰蕙的腦子，所以只好讓官冰蕙這個專業的人來做專業的事。

沒錯，李靜不也是沒有腦子又單純得很嗎？沒看到她一個人就放倒整群大帥家的保全嗎？這就是天生我材必有用，我就算是蠢材，至少我還會泡茶不是？還會整理模型以及打扮成女僕……

突然發現，如果我再繼續想下去，只會發現自己越來越沒用的事實，失落的悲哀快要貫穿我了。

「戳，盛子別恍神了，妳的手機在震。」蜘蛛用手指狠狠地戳在我的臉上。

還好蜘蛛不像官冰蕙有留指甲的習慣，所以我只是痛了一下。

「對了！」

手機上的簡訊顯示出我剛想起來的事情，我馬上對大家說道：「計畫的事晚上來我家再說，現在要到禮堂找校園美化社的人。」

「也對。」官冰蕙點了點頭。

接著，我們四人就風風火火來到了禮堂。

「真慢！」徐詩一臉不爽地說著，完全忘記了是她請我過來幫忙的。

「哼哼，壞人的廢話通常很多的說。」李靜似乎也被官冰蕙帶壞了，用嘲諷的言語把徐詩的怒火點燃起來。

「李靜，妳有膽子再說一次！」

「呵呵——唔……」

當李靜想要再說的時候，被蜘蛛捂住了嘴。

Good Job！蜘蛛這手做得漂亮，我們是來幫忙、不是來討打的！

「徐曲呢？」我問道。

「她去影印劇本了……」徐詩似乎也知道自己有些過分囂張，所以面對我的時候，說話稍稍放低了一些姿態，問道：「你們每一個都能演，對不對？」

我望了一眼官冰蕙。我自己是可以上臺演出，李靜和蜘蛛有演過爬行者和武士，只有官冰蕙不好說。

「哼，別小看我，李靜和蜘蛛的劇本也是我寫出來的，我在國中的時候可是戲劇社的天字第一號編劇！」

所以說，蜘蛛那反高潮的背誦式讀劇本演出也是妳教出來的吧？

當然，識趣的我才沒有說出這樣的話，要是說出來，大概馬上就會被官冰蕙打成肉餅，再由李靜和蜘蛛幫忙埋屍。

「所以我們可以演六個角色……」

當徐詩陷入了認真考慮的同時，徐曲捧著一大堆紙出現。

「盛遠……啊？電影社！」徐曲高興地叫了起來。

「嗯……」雖然上一次公審的時候她也在場，只不過我還是把戰爭本部的事瞞了下來，把我們說成了是一個不被學生會通過，可是心裡有著演電影期望的同好會。

這自然得到了徐曲的好感，畢竟她的校園美化社也曾經有過「被消失的歷史」。

「是的，我把他們找來幫忙了。」

「太好了，我還以為姐姐是說笑，想不到『武士蜘蛛』和『爬行者李靜』都在呢！」

徐曲的眼睛冒出了小星星，像個小影迷一樣走到蜘蛛和李靜的身邊寒暄，要不是她手上只有印好的劇本，我相信她一定會讓李靜幫她簽名。

李靜和蜘蛛一樣都受不得別人誇獎，被徐曲又讚上幾句之後，馬上雄心壯志起來，拍著心口保證：「什麼角色都是小菜一碟的說！」

蜘蛛也同樣被徐曲同化了的樣子，「點頭，沒有角色可以把我們難住！」

之所以會造成這種情況，是因為我不只一次在徐曲面前提起電影社的事。

「徐曲這傢伙有點恐怖，雖然跟大帥的煽動性不同，但在親和力方面是強上百倍……如果不是真性情的話，那就絕對是最可怕的間諜。」站在官冰蕙身邊的我，自然聽到了她的自言自語。

「徐曲不是那種有心機的人。」我不同意官冰蕙的話，馬上反駁。

官冰蕙不置可否。

蜘蛛和李靜的心情在飄了一會之後，終於想起現在不是閒聊的時候，兩人開始了最先的工作——看劇本。

之前沒有看過劇本，雖然知道是《小王子》，不過因為現在人數過少的關係，故事又要刪去人物，而留給我們的時間不多，所以就沒有自己選角色的空間，除了由徐曲演她之前的小王子之外，我們所有人都是由抽籤來決定。

最後我成了飛行員，官冰蕙是花，李靜是狐狸，徐詩是天文學家，蜘蛛是國王。

除了徐曲之外，大家都沒看過劇本，所以當看到有漏洞可以鑽的官冰蕙，馬上就橫插一隻腳進去。

她大聲批評劇本中不合理的地方，要求讓她用一個晚上修改云云。

本來徐詩嗅到了陰謀，想要阻止，但對付一個只比李靜聰明一點的前學生會同伴，官冰蕙有的是方法。徐詩連反駁的機會都沒有，官冰蕙已經接手了改編工作。

最後，我們僅僅是把舞臺衣服改合身後就離開，因為排練是看過劇本後才可以做的事。

我個人十分擔心在舞臺上出洋相，可是徐曲跟我們說再見時異常的有信心，似乎已經看到我們在校慶演出大成功的樣子。這沒由來的也讓我充滿信心，因為戰爭本部一定可以在這次表演中大放異彩！

「我已經想好後續的事了。」走出校門之後，官冰蕙突然說道。

「是要把我家狐狸的戲分改多一點的說？」李靜抱著劇本問道。

官冰蕙的嘴角微不可察地抽搐了一下，冷冰冰地說道：「不是，我現在是說復活大帥的作戰。」

「愣住，差點忘了這件事……」蜘蛛像李靜一樣一心一意投進了《小王子》劇本之中，完全把大帥拋之腦後。

看著李靜和蜘蛛這兩人挺著胸膛說出這樣毫無遮攔的話，官冰蕙嘆了口氣，「算了，先去盛遠家再說。」

「是的說！」

◆◎◆※◆※◆◎◆

家裡很久沒有接待過同學，加上李靜變得跟我有說有笑，所以媽媽沒有再罵我。跟往常一樣，媽媽把弟弟帶走，而我們就開會。

「之前說已經想好後續……」官冰蕙馬上開始說明自己的計畫，只是她剛剛開了頭，就沒有說下去，因為——

「小靜給我放下那盒大富翁！蜘蛛把搖桿放回原處！盛遠別只顧著泡茶……天啊，你們到底在幹什麼啦！」官冰蕙在崩潰的邊緣。

「歪頭，開會？」這是蜘蛛的反問。

「開會啊……」我兩手拿著四杯茶。

「開會的說！」李靜手裡還是那盒大富翁。

「別賣萌了笨蛋！」官冰蕙用力拍了一下桌子，一舉手一投足相當有黑道大姐的氣勢，言語間的不耐，彷彿要把我們三人都炸上天才肯罷休。

「你們給我老老實實地坐著聽，一會我還要去改劇本，沒時間在這裡跟你們玩！」

雖然名義上官冰蕙是軍師，可是我一直都覺得她有向管家進化的可能，尤其是她在戰爭本部一直要照顧愛玩的大帥、不可靠的李靜、神出鬼沒的蜘蛛。

感覺……毒舌就是這樣煉成的。

經過官冰蕙的怒吼之後，所有人終於坐到圓桌前。

「總感覺這麼正常的開會，很不正常的說。」李靜嘟著嘴，手裡緊緊地抓住那一盒大富翁，似乎真的很想要玩的樣子。

官冰蕙正要開口，不過看到李靜手上抓著的大富翁時，馬上搶走，然後站起來高高舉起盒子，欺負李靜矮小的身材。

「不玩的說——就是拿著的說！」

李靜像小跳豆一樣不停地跳，可是怎麼樣也搆不到官冰蕙手上的大富翁，經過一番努力之後，李靜不滿的「姆」了一聲，認輸似的坐回到自己的位置上。

官冰蕙馬上把大富翁交到我手裡，再搖頭道：「大富翁和電視遊樂器封印，不完成作戰不可以再拿出來！」

我點頭。

我猜如果剛才是由我來做「把大富翁搶去之後再高高舉起」這個動作，李靜早就伸出一雙拳頭，把我從大廳中擊飛回房間，然後再撿起大富翁……

可惡，李靜別怕，給我一拳擊飛官妖魔吧！

「輕咳，這個壞習慣要改掉有點難……」蜘蛛至少沒李靜那麼愛玩，點頭說道。

官冰蕙選擇性無視了蜘蛛的話，開始講解這個計畫——

「首先，現在的目標是我們會在校慶的表演上搗蛋。」官冰蕙義正詞嚴地說出了一個不應該出自她口裡的詞語。

「搗蛋的說！」在破壞和暴力方面有著二十萬分熱忱的李靜高舉起手，殘忍地笑著。

「但不像運動會的那次一樣，只為陰謀而亂槍打鳥。」官冰蕙為了顯示她的氣勢，撥了一下額前剛剛垂了下來的黑髮，聲音抑揚頓挫：「我們要把戰爭本部由暗轉明，由一個地下組織，換成一個明著反抗學校專制的組織！」

靜。

官冰蕙皺起了眉頭，看著我問道：「不明白嗎？」

我驚了一驚，口中「哎」了一聲。不是不明白，只是太過驚嚇。

接下來官冰蕙的視線掃到了李靜的身上，「不明白嗎？」

「誒誒誒？」李靜應該在發白日夢。

「吞口水，軍師妳在說我們要……公開？」蜘蛛不敢相信。

「沒錯，在表演時亂入戰爭本部，並公開校園美化社是戰爭本部的一個對外橋梁！」

果然智商是正數的人，想計畫都是致命的反擊。只是依官冰蕙這樣亂來，徐曲的麻煩就得變大，校園美化社能不能繼續存在還是未知數……

「我覺得這不太好吧？」

「放心，我今天已經退出了棋藝社，明天就去正式加入校園美化社，而你們也一樣。」

我馬上反問道：「即使轉到校園美化社，我們能明著來，但在校慶上搗蛋，學生會不會馬上取消校園美化社的資格嗎？」

官冰蕙自信地笑道：「學生會不能無緣無故把一個社團取消，而且我們在校園美化社的成員以及學生會的成員眼中是在『搗蛋』，可是在普通學生和嘉賓的眼中則是在『表演』。」

李靜到頭來還是沒有聽明白，歪著頭問道：「這是怎麼做的說？」

「這是小靜妳明天會收到那個劇本，一個是排練用的表劇本，一個是在表演時用的裡劇本，我們兩個都要練。妳還要幫忙做兩套衣服以及一個場景，表演時用的。」官冰蕙用最簡單的話向李靜解釋。

「提問，這樣做大帥就會回來？」

官冰蕙笑了笑，對混雜著疑問視線的蜘蛛說道：「我們其實一直都沒有討論大帥為什麼失格。」

「是的說！」

「大帥失格的原因很簡單，就是在運動會的作戰上，我們完全忘記了戰爭本部的本意，變成了為反抗學生會而行動的組織。」

「嗯？」

「反對者不是一定要反對當權的人，反對者之所以反對當權者，是因為他們的行為讓普通的民眾吃到苦果……以這個中心思想來制定的，正是戰爭本部的存在意義。」

我恍然大悟，「那我明白了，先不論之前做了什麼算計，可是到運動會的最後，我們表現出的結果只是為了反對當權者、制裁當權者，為了反對而反對，把戰爭本部的目的拋之腦後，最後沒有學生得到了益處。」

到了這一刻，我終於明白官冰蕙為什麼會自責……

因為改變計畫的人其實不是大帥，而是她。

不過，吃下失格這個惡果的人卻是張玲，而且說出這句話的人，是張玲心裡最尊重的前大帥。

「點頭，只要我們把自己犯過的錯誤在這次行動中，用明著的方式表露出來，那前大帥就會了解我們的決心，而大帥也會知道戰爭本部重回正軌。」

官冰蕙單手遮住嘴角，囂張地看著蜘蛛，「並不只這樣。不過之後的事，在這次作戰後再說。現在你們還有沒有其他問題？」

「沒有的說！」

官冰蕙看到我和蜘蛛也搖頭後，再把視線轉到我身上。

差點就忘了自己是代理大帥的我，輕咳了一聲，「今天的會議就到這裡，可以解散！」

「盛遠，我們玩大富翁的說！」

李靜說出這句話的同時，就被官冰蕙拖著離開我的家，並告誡李靜今天回去看多幾次劇本，不要像上次演爬行者時那麼多即興的說話。

不一會，收拾好了茶杯和大富翁之後，整個家裡又剩下了我一個人。

「明著來嗎？」

突然間，我想起官冰蕙說的話。不會只是反擊那麼膚淺，而且把前大帥和大帥都叫來，那就一定有革新……

把本來只存在於黑暗面的戰爭本部公開，到底有什麼後續的含意呢？

▼ Chapter.7 ▼

有關球類的另一個玩法

《小王子》，一本應該是全球流通量排得上十大的名書，更翻譯成多種語言，不論是非洲人、中國人、俄羅斯人還是冰島人，只要生存在這個世上，就算沒有看過，也應該都聽過；而且想要看，也都能找到看得明白的文本。

故事是講述一個飛行員在沙漠之中墜機，然後遇上一個來自其他星球的王子，接下來就發生了很多不同的事情……

「看到這裡還是很正常，至少在墜機之前這段完全沒有問題。」我轉頭向旁邊有輕微暈車症狀的李靜說道。

「嗯……」坐在窗邊位置的李靜半掩著嘴，良久才又問道：「那狐狸呢？狐狸的戲分有沒有增加？還有狐狸應該是愛上飛行員才對的說！」

「哦——」因為看到後續劇情的我皺起了眉頭，這個由官冰蕙編寫的《小王子》裡版本刪了很多東西，故事並沒有太長，到國王退場之後就算是完結，所以……

「我到現在還沒看到狐狸。」

「什麼的說……嗚。」李靜又捂著嘴想要吐。

「明明知道要坐車，還吃那麼多甜點，存心給自己找不自在。」為了讓這種噁心的作嘔聲別再騷擾我的耳朵，所以我輕輕順了一下李靜的背，這是由媽媽傳下來的秘技。

「因為徐詩那個傢伙吃了十四——唔——顆，姐姐才不想要輸給她的說……嗚——」

我們是在學校排練過之後才出來的，而徐曲也有當社長的覺悟，帶了一大盤小點心過來。本來以為大家都會吃，只不過我知道這些人之中首先可以排除蜘蛛，因為這傢伙不吃人間煙火；接著官冰蕙也忙著改臺詞、訓練徐曲和我，所以她連碰都沒碰。

最後因為狐狸和天文學家要在故事中段才出場，所以李靜和徐詩這對勁敵就開始了用點心來比拚的戰鬥……

李靜一邊嚷嚷，一邊想要吐。

我只是在聽著，沒有回答。

數分鐘之後，李靜似乎緩了過來，輕輕推開我的手，臉上微紅地說道：「已經好了一點的說……」

「哦，我們也快到了。」眼角剛好看見公車上的小螢幕正顯示著下一站是我們要去的郊區站。

李靜點頭。

今天我和李靜的任務是再次到張玲的家，並邀請她回來學校看五天之後的校慶表演。

本來官冰蕙是預定了由她跟我一起到前大帥那邊，而蜘蛛則是跟李靜一起來張玲這邊，但是這個計畫被修改了。

因為李靜插了一句話：「盛遠跟前大帥也沒有交情，還是兩個舊戰爭本部成員一起去才好的說！」

因此官冰蕙修改了行程，把兩組成員對調。

但最後以蜘蛛的語言來解釋則是：如果要讓李靜和她去找前大帥的話，那還不如我們全部人一起去好了。

姑且不論李靜能不能理解整個計畫，就以她上一次在張玲家裡「力的表現」，就可以保證跟著李靜一定能夠見到張玲。

最後官冰蕙冷著臉，十分無奈之下，只能把李靜和我編到一組，而她則是跟蜘蛛一起去找前大帥。

只不過在出校門後，在官冰蕙看不見的地方，我看到蜘蛛對李靜做了一個「我是不是很厲害」的手勢，我才知道蜘蛛和李靜這兩個傢伙一定是早就串通好了。

想不到李靜現在還是會動點腦子，她大概是想要再見一次張玲吧？畢竟任誰也不會相信那一天被風衣球包住的人，就是我們那個又腹黑又囂張又帥氣的大帥。

那情況就是突然有一天李靜一拳打不穿木板，又或者蜘蛛有一星期沒有叫我盛子，更甚是官冰蕙不再叫我白痴和笨蛋一樣，張玲一個月不「嘿嘿嘿」地笑。

這已經是離開地球表面的難度，超出高中生理解範圍，基本上要丟掉手錶再丟外套才能想出答案的問題。

◆◎◆※◆※◆◎◆

「又是你們！」帥氣管家現在一點也不帥氣，看到李靜之後，他下意識地跳開三步，再向後多跳四步，隔著遠遠的距離向我和李靜叫道：「為為、為什麼又來？不不、不是已經見過一次二小姐了、了嗎？」

如果要用文言一點的感覺來形容這個場景，就是：李靜怪獸，作孽甚深，帥氣管家，深受其害。退避三舍，以存己身。

「我們還是來見張玲的。」我對帥氣管家說道。

「不行，二小姐說不見人。」

我搖了搖頭，手一揮，打手李靜上前。

「喝！」

「唔——」

戰鬥結束，我走過帥氣管家身邊的時候輕聲嘆息：「反正有一就有二，直接讓我們進去不就什麼事都沒有嗎？」

「就是的說。」李靜絕對是得了便宜還賣乖的性格。

「有……命……令。」帥氣管家咬牙切齒地說道，不過就算他如何掙扎都沒有力量再次爬起來。

「真是倔強。」

其實我不只是說他，也在說我自己。

他像我們戰爭本部的成員一樣，永遠都是學不聰明的——只要看一下旁邊把自己關在警衛室的保全，再看看趴在地上、臉容扭曲的帥氣管家就明白。

沒錯，現在看來，我們這群戰爭本部成員，其實都是趴在地上的管家……

來到大宅，跟上次不同，今天的雜魚隊長很有自知之明，沒有包圍我們，反倒自動自覺的把路讓了出來，一路無阻，而且還有幾個保全在轉角或是岔路上指示出張玲房間的通道。

「真貼心的說。」李靜稱讚。

「是怕我們迷路，然後妳再把他們打一頓吧？」

說著些無聊話，我們再一次來到張玲的房間。

「大帥我們來了的說！」李靜用力的把門推開。

「啊……」

我們看到不知是名為球體的張玲，還是名為張玲的球體，總之……我是看到在大床上有一個用衣服和被子把自己捲成球的傢伙在說話：「怎麼又來了？不是說要成為連我也要仰望的人嗎？」

「來發邀請給妳。」

「哦……」張玲愣了一下，才又說道：「我是不會去的。」

「前大帥會去。妳不想一輩子在他面前都掛著失格的名頭吧？」看到這個形態的張玲讓我十分不耐煩，心情也不知不覺間開始有點暴躁。

張玲不說話。

她這個狀態一定是在猶豫，因此我馬上說出重點：「那麼五天之後的校慶表演，妳一定要來。」

李靜幫忙勸誘道：「大帥一定要來的說！」

整個房間的空氣似乎突然之間死寂了，只聽到呼吸聲。

良久，張玲別過了臉，本來可以看到她一對眼睛的洞變成了頭髮，同時傳來的，還有代表答應出現的「嗯」一聲。

「我們五天之後再見。」

「大帥再見的說！」

比想像中要成功，雖然現在這樣說有種馬後炮的感覺，因為即使張玲不想來，但只要拋出前大帥，她就十成十會來，這是她心中的結！

當我們離開張玲家正打算到車站去坐公車回家的時候，我口袋裡的手機突然響了起來。

「快過來市立體育館，我們這邊需要幫忙！」

官冰蕙說得很急，就像是現在不趕過去，我們一定會後悔一輩子。

「好的，我們馬上過去。」

「快點！」

掛上電話，剛好公車在這時進站。

李靜拉了一下我的衣服問道：「什麼事的說？」

「官冰蕙那邊好像發生了事，要我們馬上趕過去。」

李靜點頭，然後很難得的掏出手機和她用來記電話的小本子，再打電話給……給我媽？

「妳撥電話給媽媽幹什麼？」我衝口而出問道。

「今天約了阿姨刷副本的說……」

「哦。」我雖然覺得有什麼奇怪，但是什麼也沒有想明白。

不一會電話就通了，因為坐得很近，所以我連在電話中媽媽的聲音也可以聽到。

「我是小靜的說。」

「跟盛遠在一起嗎？」

「哎……是的說。」

「那約會吧，副本的事不用管。」

「不……不……是約會的說。」

「聽媽媽說的別擔心，盛遠應該沒有生氣了。當媽的哪不知道孩子在想什麼？盛遠他就是個單純又天真的專一宅，在他小時候只要給武士王之類的就什麼怨言都沒有。例如讓他去做飯就給他武士王，讓他去買菜就給他武士王，讓他去打掃就給他武士王……哄他，不如就再做一套武士王 cosplay 服給他嘛~那手工很不錯啊！」

「原來是這樣的說！」李靜如獲至寶。

感覺媽媽一定沒有想到我就在旁邊，而且對話內容我都聽得到！

我是投幣式扭蛋機吧？我是投幣式扭蛋機呢？我是投幣式扭蛋機嗎？

好吧，我發現自己的確就是單純又天真的傢伙，難怪小時候，媽媽的櫃子裡滿滿都是武士王的精品，原來是因為要備用……

◆◎◆※◆※◆◎◆

在陷入對自己童年的無限悲傷循環之後，公車不知不覺間就來到市立體育館站。下車之後，才發現天色已黑，路人來往匆匆，趕著回家的人們占了大多數。

「來了的說！」

我們在體育館門口就發現了正在等待的官冰蕙。

「咳咳……妳怎麼是穿球衣的？」我愣了一下，雖然直勾勾瞪著別人看很不禮貌，不過官冰蕙身上的球衣實在太小，露出小肚臍，上圍差點要把上衣撐破。

「因為要比賽。」官冰蕙咬牙切齒地說著，緊握著拳頭，一副想要揍人的樣子。

呃，這種時候還是不要跟官冰蕙說話吧……

我轉過頭，向臉上依然是蒙著一塊布的蜘蛛問了個詳細。

原來是蜘蛛來找前大帥的時候，碰巧遇上了別人來進行友誼賽，可是前大帥那一隊剛好就差兩個人，只好臨時把蜘蛛和官冰蕙招募進去。

然而，在打完了一場激烈的比賽之後，前大帥又突發奇想說要看看新任成員，又說什麼要知道大家是不是團結一致……

最後就成了新的戰爭本部成員組隊，對抗前大帥和他的快樂伙伴，而且在官冰蕙口中這個光頭麻煩人物定下了條件，一定要我們勝過他，才會去看我們的表演。

「總而言之，就是胡鬧吧？」我嘆了口氣。

「點頭，如果我們不通過的話就不去看表演。」蜘蛛也覺得很頭痛。

我們之中只有李靜一個人覺得有趣。

「這是考驗的說！」

如果李靜不那麼單純，應該是下任大帥的人選，因為能當得上「大帥」的人都是任性到讓人火大的壞蛋。

同時，這種讓人摸不著頭腦的怪異也讓我想明白，說張玲失格的那一次，前大帥九成九是自己走來學校時被張鉚碰巧遇上，而不是被張鉚說服過來打擊張玲。

如此一來，那張鉚的運氣似乎不是一般的好，根本是好到了逆天的地步！這麼隨便就可以把如日中天的戰爭本部打到現在這種瀕臨破滅的樣子。

「不是哦，張鉚不是會等待兔子自己撞牆的農夫。」

官冰蕙十有八九是聽到我的心裡話。

我也漸漸習慣了這種事，所以現在已經有限制自己每天不要多說心裡話。我用手抵著眉毛問道：「那是怎樣？」

「冷笑，還能怎樣，前大帥怎會無故知道運動會上發生的事？」蜘蛛反問。

我愣了一下，馬上想明白其中關節。一切都水落石出，真實的情況是張鉚早就猜透前大帥收到消息之後的反應，因此故意把消息放出去，再收穫而已。

蜘蛛、官冰蕙和我三人都沉默了下來。

……說到最後，還是張鉚對人性和人心的掌握。

「現在不是趕時間的說？」

被李靜提醒的官冰蕙，臉像是施了一層胭脂般，微紅著回答道：「是的。」

「那快進去的說！」

被帶進體育館之前，還在想到底是玩什麼隊伍遊戲。四個人以上的運動大多都是有肢體接觸，重點是男女很難同時下場玩……

要知道，女生被輕輕碰到，可是會尖叫和尖叫還有尖叫！而男生被李靜自以為的「輕輕碰到」……可是會慘叫和慘叫還有慘叫！更甚者是連叫也沒辦法叫，直接閉上眼睛，在場邊休息。

而在看到場地之後我就明白了，那是我完全沒有接觸過的運動——

「排球。」

因為隔著一張網的關係，如果不理力量上的差別，這種運動完全可以不分男女進行比賽，而且之前也聽說過有地區的男子隊會跟女子國家隊對練。

只是我對勝利依然沒有期望。

「巨人歌利亞對小矮人大衛的決戰嗎？」

我們之中，只有我一位是可以不用跳起就觸碰到網頂，而跳起來也僅僅是伸出小前臂的程度，但我已經是最好的了……

最底限是李靜，她就算是舉高手，還是剛剛好碰到網，如果不舉起手，頭是連網也碰不到的地步。

是說跳就好嗎？

李靜可憐的彈跳能力，可能連我媽媽都要比她好。所以在四人之中，有一個人只能在地上當滾動的長短雙馬尾。

至於其他兩人，也不是好太多，蜘蛛和官冰蕙是跳起剛剛好指尖穿過網頂……所以能有高度進行攔網這種超高技術活的，只有我一人。

那要怎麼玩下去！

還好，官冰蕙和蜘蛛剛才已經玩過一場，對規則很清楚，而且也有對面四個人的一點小資料。

說完自己小矮人隊伍的狀況，另一隊巨人隊——

清一色一百九十公分以上人的男生，手臂比我的大腿要粗，每一個放出來都是可以嚇壞小朋友的硬漢。

「盛遠過來，我們討論戰術！」

當我從更衣室出來的時候，馬上被官冰蕙他們抓住，開始了戰爭本部唯一一項還能用的智慧。

已經換上運動服的李靜，抱著一個排球好奇地問道：「要怎麼玩的說？」

「不可以讓球在我們的場內著地，如果是對方最後觸球卻打到場外，就是他們輸。」官冰蕙只把這兩條規則教給李靜。

說罷，她又開始對我們進行戰術的討論……

姑且是討論，官冰蕙十分認真地說道：「我們的戰術就是由我發球，當對面把球打回來之後，我們一定要在三次觸球內，把球打去對方的場內。」

「了解的說！」馬前卒李靜已經進入狀態，隨時可以出動！

我皺起了眉頭，「這……」

官冰蕙似乎沒發覺自己的戰術十分簡潔，馬上將整個戰術討論提升到戰略討論的層次，鼓舞道：「這場比賽只許勝不許敗！」

「可是戰術方面……」我猶豫了一會，只是把球打到對面根本就是沒有戰術啊！但在官冰蕙那「在下軍師，有何貴幹？」的眼神下，我只好點頭應道：「的確在戰略上，我們是必須要勝利。」

「好！」

「提問，我們要怎麼對抗前大帥？」蜘蛛問出重點。

「對方比我們強上一千倍，再加上他們的體力完全沒有終點，這個時候說什麼戰術都是浪費，只要守好、等待時機就行！」

原來官冰蕙是這個意思，看來剛才因為要顧及到李靜，所以才把戰術簡化成「把球打到對面就可以」的程度……

接下來，我跟蜘蛛又試玩了一下。

雖然是第一次玩排球這運動，可是沒吃過豬，也總看過豬跑，所以跟蜘蛛有來有往地打了好幾十次來回。

而官冰蕙和李靜那邊就慘多了，李靜這個暴力怪物根本無法控制好手上的力度，每一次回擊都差不多是把官冰蕙打成肉餅似的，弄得官冰蕙只敢閃，完全不敢接……

說笑，沒看到那排球轟在牆上的時候，如同雷聲一樣的驚天巨響嗎？要是看的人不知道，一定會認為李靜跟官冰蕙有仇，而且是深仇大恨！

「都練好了嗎？」前大帥看了一下掛在體育館裡的大鐘，正好顯示現在六點半，是原定要開始比賽的時候。

作為代理大帥的我，自然是作為對外的第一人，馬上點頭應道：「是的！」

前大帥對我點了點頭，看起來似乎對我剛剛的表現十分滿意……

至少我感覺如此。

因為之前問過官冰蕙，才知道前大帥在被學校退學之後，就正式加入了國家排球代表隊，聽說之前在青少年軍的他還在考慮要不要加入，而退學正好給了他這個藉口。

之前的社員大部分都找到新的學校，或從事自己想要做的工作。官冰蕙更是自誇地說戰爭本部的人在哪裡都能生存，因為「戰爭」是最好磨練人的方法！

「那開始比賽吧！」

前大帥和他的快樂伙伴臉上一副賤笑，看來這群都是喜歡虐菜鳥的壞人。

我吸了一口氣，這是一場五局三勝制的比賽，最先取得三局比賽的勝利就是勝者。其中第五局為十五分制，首四局則為二十五分制，但當兩隊在同樣得到二十四分、平手的時候，之後要直到其中一隊連勝兩分才會贏得一局。

本來應該是六人的遊戲，但因為人數不足的關係，所以四人似乎一樣可以玩，何況……我們都不過是一些新手，六人和四人？在我們眼中根本沒有分別。

「你們先發球吧！」前大帥十分大氣的對我們說道。

自然沒有推讓的理由，畢竟是新手，對上國家隊成員以及他的快樂伙伴，要是連發球權都讓給對方，我們就真的沒有什麼可以玩了。

有玩過排球的官冰蕙，自動自發地走到發球的位置。

依蜘蛛所說，官冰蕙在剛才的比賽之中，可是有過發球得分的紀錄，更是被前大帥和他的快樂伙伴盛讚有發球天分。

當我還在瞪著前大帥看的時候，官冰蕙似乎已經把球高高地拋起，再「啪」的一聲狠狠擊出。

「碰」的一聲，不太快，而且落點也是場地的正中心，不可能會接不到，但球的的確確是落到對方的場地內，原因是前大帥他們一動不動的……

「我們得分了嗎？」

我愣了一下，這就是國家隊成員，還有他的快樂伙伴？

前大帥擦了一下似乎正要流出血水的鼻子，輕聲說道：「我突然間明白，為什麼剛才那一隊的人會說這對是魔球。」

「嗯？這對……？」我皺起眉頭。

前大帥搖了搖頭，然後露出一個「你是男人你懂」的表情，向後方他的快樂伙伴下起命令：「不要看發球的官冰蕙，只許看球的落點！」

這一瞬間，我了解所謂「發球得分的天才人物」的真正原因。深吸了一口氣，我轉過頭看了一眼官冰蕙。

而官冰蕙似乎沒有發現事實的真相，很得意的對我眨著眼。大概以她的理解是因為自己的發球有著很強的迷惑性，手上的動作讓對方完全猜不透。

只不過真相並不是這樣，這是一場只有男生理解的物理學研究！

是關於重力作用於高速上下移動時，豆腐的形狀變化，以及其和空氣阻力之間的係數是否因接觸面積不同而增加或減少，因此絕對不是一般女生能夠明白的。

第二次就沒有那麼幸運。

很可惜這種另類魔球在專業人士的面前，只不過是過眼雲煙……

「第一局，二十五比一，休息十分鐘。」

「可惡的說！」

李靜在整場比賽之中，只有幾次試過觸球，可是就連那幾次都是把球打出界外，所以她還是和我之前所想的那樣，完全沒有作用。

「搖頭，要改變一下戰術。」

蜘蛛在這次比賽裡，比起官冰蕙和我的作用更大。基本上，所有被李靜和我們打飛到天外之天的球，都是蜘蛛用自身的高速救回來，可惜我們沒有一個人會扣殺，所以球即使打過網到對面，也可以輕易被他們化解，根本沒有任何用處。

官冰蕙一臉凝重，「沒錯，剛才想得太樂觀了，對方根本不可能犯小錯誤，如果把回合比賽加長，那我們的劣勢就更加明顯。」

「嘆氣，現在我們只是等輸了吧？」

「發球得分根本不可能。」我搖了搖頭，完全無視官冰蕙用物理研究得來的那一分。

「也是……」官冰蕙很有自知之明地點頭。

接過李靜由前大帥那邊領來的運動飲料，我有點灰心地說道：「要不那天我們直接將前大帥拉到角落打包，再運來看表演吧！」

「啊？」李靜歪了歪頭。

蜘蛛的眼睛亮了起來。

本來應該會聽出這是氣話的官冰蕙卻像是聽到什麼好建議一樣，拍手說道：「沒錯，對方現在只有四人！」

我非常意外地睜大了眼睛，「……妳不會是真的想要實行這個計畫吧？」

不會連官冰蕙都黑化了吧？

這個戰爭本部的外置良心兼限制器是絕對不能黑化，不然世界就會被李靜那三個擁有無限暴力思想的怪獸汙染……

「不是！」官冰蕙斜眼望向我表示她對我的鄙視，不屑地說道：「他們的人數不多，只要場上沒有足夠的人數，那就不可能比賽，到時就是我們無條件的勝利。」

「點頭，比賽如果不夠人就會腰斬。」

「也是。」

感覺這話題十分對李靜的胃口，沒看到她已經習慣性地摺起衣袖了嗎？

「我馬上把他們揍趴的說！」

不對，是李靜已經要行動！

但對方可是身高一百九十公分以上，不是我這種小胳膊小腿的人物，以李靜這顆像小圖釘一樣的矮小身材真的可以打趴對方？

「拍肩，不要懷疑，前大帥曾在戰爭本部開了一個武鬥大會，雖然當時還有很多強人，不過無一例外都被李靜打倒，還有自以為最有可能得到冠軍的前大帥，是在第一場的時候被李靜一拳打暈的。」蜘蛛在說話的同時拉住李靜。

這個戰爭本部的大帥真心不可靠，而且我發現自己不應該懷疑怪獸的可怕程度和自己身體的堅實程度——「什麼一拳打倒真心弱爆了！我可是被李靜抓住衣服連著打了四個重拳再外加一記全力的迴旋踢哦！」

因為我驚訝的聲音太大，所以連在前面正在休息前大帥都聽到了，然後一副驚為天人的模樣。

當然，我不會說出真相：我只不過是因為時常接受抗打擊能力訓練，所以挨打的能力好了那麼一點。

「不要提的說——」

本來就有點靦腆的李靜，因為害羞而用力拍了我一下。

唔，肩膀要碎了……

雖然我知道官冰蕙不是為了我，不過她還是把已經岔開太遠的話題拉了回去。她臉上滿滿的笑意，那表情告訴我們，她的計畫絕對壞得嚇人——

「不是要直接把他們打倒，而是用排球把他們轟得不能再上場！」

這就是排球版本的黑暗兵法，由我這個代理大帥來命名的話，這就是「官氏殺法」！

官冰蕙自信地笑著，「上場吧！」

「好（的說）！」我們三人齊心應道。

我們四人帶著要把對面轟殺成渣渣的殺氣，站到排球場上，而對面的四位男生卻不知道我們的陰謀，前大帥更是很有風度的把發球權又讓了給我們……

「誒？不是官冰蕙發球嗎？」

前大帥和他的快樂伙伴想要研究豆腐上下急速移動的思維已經被我看穿，所以……

「是我來發球的說！」李靜很友好的對前大帥揮了揮手。

前大帥哈哈笑了兩聲，不屑地擺了擺手說道：「嘖嘖，如果是小靜的話，那由你們一直發球好了，畢竟也要練練嘛！」

這一句話明顯引起快樂伙伴的共鳴，他們讓我們發球不過是想要研究物理而已。只不過他並不知道這一句發言，已經將他們四個判了死刑……

「好、的、說！」小矮人李靜咬牙切齒，已經沒有剛剛的友善。以受過李靜重攻擊的我來分析，小矮人李靜已經動了真怒，接下來……我在心裡為巨人前大帥他們默禱。

在小矮人李靜一步步走上發球線的時候，我們戰爭本部的三人不約而同地轉身面對著長短雙馬尾女生，一副準備閃開的姿勢。

「嗯？」巨人前大帥眉頭一皺，感覺事情並不簡單。

作為軍師的官冰蕙沒有給前大帥思考的時間，馬上打了一個響指，對小矮人李靜下起開球的命令：「開始吧！」

「知道的說！」

接著，作為小石子的球，被小矮人李靜平放在左手，她右手握成拳，眼神漸漸變得銳利，扭腰向後蓄力。

這神色，就像盯上獵物的鷹。

不用說，小矮人李靜第一個目標自然是大言不慚的巨人前大帥。

巨人前大帥似乎已經發現不對勁，馬上叫道：「這絕對不是打排球的姿態！」

可是，李靜放出了死亡宣告——

「給、我、受、死、的、說！」

大喝的同時，李靜的拳頭直接打在排球上。

那一瞬間，我彷彿看到排球旁邊出現擊穿音障的水浪波紋，超越音速的排球由網底直直飛過！

……然後？

對前大帥來說，今天的排球比賽是沒有然後了。

因為排球已經直接擊在前大帥沒有任何防禦的肚子上，只是視覺上看到前大帥被打中，但聲音還沒有傳來……

果然李靜的排球是殺人技！

「轟——！」

就算是慘叫，也掩不過排球打在人肉上如同雷鳴的爆音。理所當然的，巨人前大帥兩眼一黑就昏了過去。

「厲害……」我輕呼了一口氣，還好李靜的準確度十足，排球的飛行路線正確，更是一下子正中紅心，最後我們不用躲就打倒了巨人。

官冰蕙拍了拍手，轉頭向那群快樂伙伴們問道：「還打嗎？」

說笑，當看到前大帥嘲笑李靜的下場就是被球打暈，要是打敗李靜這頭怪獸的話，那他們還能夠活著回家嗎？

「不、不打了，我們是真沒想到排球能這樣打……」

說完這一句話的快樂伙伴們像驚弓之鳥般，把前大帥交給我照顧就馬上離開體育館。

為什麼不是把前大帥給官冰蕙又或者是蜘蛛？

這個問題是由他看見李靜被官冰蕙和蜘蛛摸著頭讚賞，應該已經認定這兩人是更大、更可怕的 Boss，是絕對不能招惹的存在。

也不排除因為我是所謂代理大帥的名頭鎮住了他……

當我們都換回校服之後，前大帥才緩緩醒了過來，只是他第一個看到的是滿臉笑意的李靜時，馬上就連滾帶爬的退開了十多公尺。

「現在比賽是我們勝利，那你就要按照約定來看我們表演了哦！」

人在屋簷下的前大帥，只好低下了他的光頭，「知道了。」

雖然過程用了不少時間，不過最後還是完成邀請的任務……

▼ Chapter.8 ▼

為我好
還是為自己的面子好

「所有大人在成為大人之前，都是小孩！」

這是《小王子》劇本的開場白，而說這句話的人，正是化身旁白的官冰蕙。她自己改任旁白的角色，放棄了「花」這個著名的人物。

雖然我個人認為「花」本來就跟官冰蕙十分合得來，因為角色和她本人一樣的傲嬌，但旁白的確只有編劇的她能夠擔任……

可惜了「花」這個角色，我小時候可是十分喜歡。

在這一句話之後，故事才真正的開場。小王子由徐曲飾演，而墜機的飛行員則是我，我們兩人是第一對出場的人物。

「故事開始在沙漠的深處……」

如果是正式表演的話，這時應該是把劇幕拉開的時候。而現在是表演前一天的彩排，自然沒有那麼講究這些事，畢竟要記兩個劇本的戰爭本部成員，有時候連對白都忘了。

我躺在由李靜用紙皮和金銀色顏料造出來，逼真得讓徐曲兩姐妹也以為是真正的飛機又名太空船的殘骸旁邊呆坐著。

然後，小王子徐曲就出場了。

小王子徐曲輕輕拍了一下我的肩膀，怯生生地問道：「請你幫我畫一隻羊，好嗎？」

「啊？」作為飛行員的我醒來。

這裡還未到裡劇本的展開部分，不過總感覺很對不起徐曲，一部好好的《小王子》，竟然要被我們戰爭本部惡搞成那個樣子……

「請不要擺出憐憫的臉好嗎？」

「哎？」我愣了愣，因為徐曲的臺詞錯了。

「Cut——！」作為現在的最高負責人，官冰蕙馬上喊停我和徐曲的對手戲。

這是唯一一次徐曲說錯臺詞，官冰蕙看起來沒有那麼生氣，儘管只是做個樣子，不過官冰蕙還是十分認真，應該說她不論辦什麼事都認真過頭了。

「對不起，可以休息一下嗎？」徐曲向官冰蕙和我說道。

因為她是整個表劇本中的主角，所以如果她要休息的話，只要不是演裡劇本的話，理論上我們也可以一起休息。

「我去買飲料回來。」

看了一眼不太對勁的徐曲，我也舉手道：「那我也一起去吧！」

官冰蕙點了點頭，之所以對我和徐曲這麼寬容，是因為我們兩人都十分認真在排練。

官冰蕙放過了我與徐曲，但她會放過其他人嗎？

「小靜、蜘蛛和徐詩過來！」

正在進行不知名的生死對決，看樣子似乎是比賽誰不會先眨眼的徐詩和李靜頓時停了下來，很整齊又不滿地叫道：「誒？」

……其實她們兩人的關係很好對吧？

雖然樣子不一樣，髮型也不太相同，可是這瞬間我認為這兩個人應該是姐妹才對，沒看到她們都在異口同聲地說話，而且還不斷找對方麻煩又樂此不疲。

「點頭，武士蜘蛛已經準備就緒！」蜘蛛有點緊張，把自己的角色都搞錯了，而且最近應該是有在看鋼●的動畫，這背的臺詞明顯帶有抄襲性。

「是國王不是武士！」面對這一群完全不知道認真為何物，只顧著玩的傢伙，官冰蕙怒了，轉頭指著李靜和徐詩，「那麼喜歡鬥，明天給我在臺上演真人版少女格鬥！」

三人為之一靜，接下來三人快步往臺上走，開始了由官冰蕙代替徐曲排練《小王子》……

◆◎◆※◆※◆◎◆

之後李靜跟徐詩是不是上演真人版少女格鬥？

我沒看到，因為已經跟著徐曲走出了禮堂。

「官學姐真的很厲害。」徐曲一邊走在我的前方，一邊說道。

「是啊。」我下意識地同意了徐曲的話。

冷不防，徐曲突然轉過身，捲捲的長髮正好掃到我的手臂，她瞪大了眼睛，直視著我問道：「假設你需要一個幫手，我和她之間，你會選誰呢？」

「哎？官冰蕙？」我衝口而出。

徐曲的神色一黯，不過很快就回復過來，「果然我是不可能的，又笨又沒能力，連說臺詞都會出錯。」

這是表演前的憂鬱嗎？

不過看來不只是這樣，應該是另一件事——

「妳是不是覺得我們加入了校園美化社之後，妳這個社長就沒有用了？」

徐曲苦笑，低下頭應道：「……嗯，官學姐是很厲害的人，靜學姐又勇敢，而蜘蛛雖然不知是學長還是學姐，不過也十分厲害，好像什麼都知道一樣。」

原來是當領袖的壓力。

雖然官冰蕙沒有明說在表演之後到底要怎樣處理徐曲的問題，但以張玲的性格，大多是會把徐曲收進戰爭本部，所以之後我就不是小兵，而是老兵了吧？

不對，現在是安慰徐曲，而不是胡思亂想的時候。安慰一個自覺技不如人的朋友時，最好就是盡情毀滅他們憧憬的對象。

「別看官冰蕙很嚴厲又很有工作能力，她其實會到圖書館門外餵小野貓，還會訓練牠們排隊和發動衝鋒攻擊。」

「哎？那不是很厲害嗎？」徐曲笑著問道，似乎覺得我是在說笑話。

「妳在放學之後是不是會跟朋友一起逛街？跟同學一起看電影？」

「有時是跟你一起在布置裝潢校園……」徐曲猶豫了一下才點頭，似乎不太明白我為什麼要這樣問。

徐曲這話聽起來是要安慰我，不過……她竟然特地表示會留時間跟我這個朋友一起進行社團活動，真是太感動了！

只是我沒有忘記現在是要安慰她，而不是被她安慰，所以我接著說道：「一個高中二年級的女生，放學之後不跟朋友一起，而去訓練野貓什麼的……根本可以判定官冰蕙絕對是個不會交際的人！」

這不是我大言不慚，因為據我所知，官冰蕙真正自主認識的朋友只有沙菲娜一個，而且還是小時候一起玩大的姐妹淘。接下來的朋友，也是由單一朋友介紹而得——跟張玲成為朋友是透過沙菲娜，跟李靜和蜘蛛認識是透過張玲。

這種一層一層的介紹下來，官冰蕙的朋友交際完全就是被動得到的，也可以證明她完全不會主動去認識新朋友，更不會擴大自己的社交圈子！

「原來官學姐是這樣的……」

朋友的朋友還不是朋友，之所以徐曲仍是叫「官學姐」而不是「官冰蕙」，是因為徐曲還未了解在她眼中很厲害的官冰蕙，本質上來說只是個宅女。

「沒錯，官冰蕙是個宅得不能再宅的死宅！」

「嗯嗯。」

談完官冰蕙，接下來當然是所謂「勇敢的」李靜——

「至於李靜嘛……她根本是個災難！」

「啊？」

「如果見過李靜在生氣時的表現，就會了解她一直往前衝，絕對不是勇敢，也不是無所畏懼，而是她根本就不知道什麼叫恐懼！天生就只知道鐵拳交流，把不服的人打服，實行以力證道的橫蠻。要她明白什麼是退一步海闊天空？大概不可能。她是很難明白太多邏輯的事，不過……」

「不過什麼？」

「如果要讓李靜了解『如果你的文明就是要我卑躬屈膝，那就讓你看看我野蠻的驕傲』這一句話，大概就能理解、更可以馬上在妳面前實踐。」

「噗～」

我這帶著憤恨的幽默感，讓徐曲不自覺地笑了出來。她說道：「靜學姐跟姐姐有點像，難怪她們感情那麼好。」

原來不只我一個人認為她們感情很好，連徐詩的妹妹也是同樣的看法，不愧是朋友。

我輕咳了一聲，再點頭說道：「先不說李靜和官冰蕙。這三個傢伙之中，蜘蛛絕對不是什麼值得尊敬的傢伙！」

「嗯？」徐詩歪了歪頭，滿臉疑惑地問道：「蜘蛛除了用面巾蒙臉之外，其他看起來都很正常，怎麼了？」

「蜘蛛是個可怕的人，如果沒什麼必要的話，我建議妳不要讓蜘蛛知道妳家中電腦的IP位址。」

徐曲睜大了眼睛，一副不可思議的樣子問道：「蜘蛛是駭客？」

「正確來說，蜘蛛是現代版的忍者，所有探聽到別人私隱的途徑都有涉獵。如果想收集一個人的情報，最好是找蜘蛛；如果不想把自己的資料被蜘蛛記在筆記本上，最好別給蜘蛛太多資訊。」

「哎，我剛剛跟蜘蛛交換了電話！」

我嘿嘿地笑了一聲，「沒關係，反正只有手機號碼的話，要查出妳的地址大概要一天以上，再用真實地址在網路中找到電腦的IP，花上一個星期也不可能完成。」

「嗯……這就是說我還有一個星期把運動會偷拍的照片移走……如果被別人知道就麻煩

大了……」

看到徐曲在煩惱的時候，我暗自偷笑著，這種作怪的感覺真是十分有趣，至少對徐曲這種單純的人很有用。

「你騙人家！」徐曲狠狠地敲了一下我的頭，兩頰氣鼓鼓的。

「也不算是騙，蜘蛛很厲害是真的！」我學張玲的嘿嘿嘿式大笑著。

「……嗯。」

「總之，這三人在有著很明顯的優點時，也有很明顯的缺點，而且他們所欠缺的正是妳擁有跟別人交流的技巧，所以完全不用跟他們比較！」

「哦……」

我說完一大串話之後，徐曲的樣子看起來沒有什麼分別，不過她還是帶點酸溜溜的語氣說道：「你還真是十分了解他們。」

「哎……因為電影社的人經常一起行動，所以就知道一些。」我掩著良心說謊言。

「對了！」徐曲突然拍了一下手，「現在你們電影社已經加進來校園美化社，那不知道之後我們有沒有機會這樣常常一起行動呢？」

我的臉拉出笑容，對依然一無所知的徐曲說道：「一定有的。」

買好飲料之後，徐曲像是換了一個人，充滿了熱情和幹勁，大概是被我開解成功。只是明天的事，不知道徐曲到底會怎麼反應。

而且張鉚的後招直到現在也沒有使出來，到底他在打著什麼算盤呢？

時間過得很快，一個晚上之後，就到校慶表演當天。

李靜一大早捧著裡劇本的戲服來到我家，不過她沒有吵醒我，因為我緊張得一夜沒睡。反而正在通宵開荒新副本的媽媽有點吃驚，因為我一直沒有跟她提起今天我要在校慶舞臺上表演。

嗯，我是故意的。

因為在小時候，我記得當時是國小三年級，我把到臺上表演的事告訴了她，雖然沒有說是演一棵樹，但好歹也是個角色，就姑且跟她提一下……

那時媽媽帶著還是男孩模樣的弟弟到場，在發現我是演一棵樹的時候，她竟然在現場做了一塊「即使是棵樹媽媽也絕對支持盛遠樹」的大型紙牌，還在完結的時候鼓勵奶聲奶氣的弟弟喊「最佳角色一定是棵樹有木有！」、「不給樹獎項絕對過不去～」之類的話。

自此之後，一切有關上臺表演、上臺拿獎狀的事，我就不再找媽媽去。

只不過這次是紙包不住火了……

「要知道媽媽可是名偵探，所以想瞞過媽媽是不可能的！」媽媽喝了一口咖啡，臉上頂著兩個黑眼圈笑著對我說道。

任何的藉口都不想再多說，我真誠的懇求：「真心別來，好嗎？」

「我兒子是主演，不是樹，怎麼說也要去看一次，不是嗎？」

可惡……

到底是誰告訴她的？

我轉頭看李靜，這個傢伙現在是裝作沒有洩露秘密般的移開視線，還臉紅了……雖然有點可愛，不過實在太惡劣！

「歐尼醬今天要去表演？」

明明是星期六，為什麼連弟弟都這麼早起床？而且還知道我要上臺表演？

深深嘆息，我了解一句名言叫「堵不如疏」。既然媽媽現在擺出硬是要來的姿態，那就唯有對她定下規矩，不然又出現舉牌子事件的話，百分之一百以上的機會會變成被恥笑一生的黑歷史。

「來也可以，但我有一個條件！」

媽媽「嘿」的笑了一聲，一副你儘管說的樣子向我點了點頭。

我皺起了眉頭，十分認真的對她說道：「請妳絕對不可以舉任何牌子！」

「可以。」媽媽很平靜地說道。

以我認識她十幾年的時間，這麼認真又平靜地答應的話，十有八九是在騙人。

但即使知道媽媽是在騙我又怎樣，現在只希望她真的知道如果在會場舉牌子的話我就不用再想好好過之後的高中生活了……

嘆息，這一聲是為了自己接下來還有兩年多一點的高中生活。

「好了、好了，真的不會舉牌子，這樣好了嗎？」說罷，有點灰心的媽媽把收在身後寫著「盛遠GoGo」的牌子撕成了碎片。

還好我有裝憂鬱的天分，不然媽媽一定不會從良，而她……果然是有準備的！我在國小被人叫作「江樹人」的生活，可不想再出現一次！

我再仔細一看，這牌子手工相當精細，十有八九是李靜幫忙做出來的。

「誒嘻嘻——」李靜又移開視線。

突然間，我覺得讓李靜和媽媽接觸，真的是我人生中最大的悲劇。

然後，我決定不管媽媽到底要搞什麼，吃過早餐後，就跟李靜一起去學校做準備，我們的表演將會在中午時段舉行。

◆◎◆※◆※◆◎◆

今天其實除了有校慶表演之外，還會開放學校，所以有很多不同的人會來到學校。

「這個校花級別的美女是誰？」

「跟上去搭訕！」

「可是她冷著臉哦……」

因為是校慶，所以就連其他學校的學生也一樣可以進來。

在進到學校之後，我就被官冰蕙拉住，然後幫忙搬運東西。

其中一件就是把所有的戲服抬到後臺，至於那些青春少年的話，其實在前往禮堂的途中已經聽了很多次。

這些人如果只是開口說說而不過來搭訕的話還好，如果是真的上前來？官冰蕙那冷著的臉，絕對可以讓這些人看看——什麼叫作已經煉成的毒舌。

還好，這群人有色心沒色膽，連我這種正直的男高中生都看不起他們。被毒舌一下又不會真的被打，就算是被打也不會被全力迴旋踢，你們到底在怕什麼！

沒有再理會這些看似很厲害，但對著宅女也不敢開口的別校學生，我轉過頭，向操場的方向看去，那裡有著不少小型攤位，例如：足球隊的射門比賽、籃球隊的投籃比賽、文化社的「漫遊在學校與大禮堂之間」展覽等等，聽起來包羅萬象，只不過在我這個角度來看，卻是疏疏落落又冷冷清清。

雖然說不上淒慘，但也高興不起來，完全沒有其他學校校慶那種人潮擁擠的感覺。原因？

本校大部分的社團都只有三、五個社員，而且在第一次考試過後，還會被刷下來幾位，因此基本上大部分社團都只剩下一位到兩位的社員，怎麼可能開攤辦活動？而且校慶之後又是考試，以這種殘酷成績制來限制學生，又有誰會來參加這些活動呢？

不一會我們就來到後臺的儲藏室。

「成績就是學生的一切的這種想法，最後還是讓一向要面子的學校沒了面子，可笑。」關上了門，官冰蕙才諷刺。

不過這十分有力。

聽到之後，我也為那些不能以主辦方身分參加校慶的學生感嘆，「可惜了。」

突然間，在儲藏室通往後臺的方向，一道聽起來十分優雅的聲音傳來——

「的確，如果是基於因為不夠人數來舉辦一個盛大的校慶，那絕對是可惜，不過——」

由後臺走出來的不是別人，正是我們戰爭本部的頭號敵人——學生會會長張鉶！他撥擋在他前方的衣衫，慢慢走了過來。

「不過什麼？」我把戲服掛在衣架上盯著他問道。

現在即使面對張鉶，我也變得十分平靜，可能是因為已經清楚了解到他厲害的地方，而不再是猜測他到底有多厲害。

面對一個已經知道能力值的高手，總是比面對一個不知道能力值的瘋子要來得安心，這大概就是人對未知的恐懼，所以我也漸漸不再害怕。

張鉚比我聰明、比我帥，還有後宮，更是學校內的王子，而且家裡很有錢，但是……

「學校的規則，身為學生就必須遵守。」

呵！他只不過是依附學校的走狗，沒有自由意志，學校的管事者要他這樣做，他就這樣做。這個學生會會長一點也不像學生們眼中的學生會會長，他從來不反問這行不行、這能不能，所以這樣的敵人就算有多厲害也不可怕。

我瞄了一眼官冰蕙，她似乎不想回答，而且因為時間有點早，這裡也沒有什麼人。儘管不理會張鉚也沒什麼，可是不回應的話，戰爭本部的氣勢就會弱了下來。

我怎可能讓氣勢下降！

因此我只好硬著頭皮反駁：「我不認為是這樣，應該是——只要是所有學生都認為是錯的規則，就需要修改。」

張鉚意外地看著我，語氣聽起來有點奇怪，「學校不是學生的玩具。」

「學校的確不是學生的玩具，但卻是學生的家，作為家庭成員的學生，難道不可以讓自己的家變得更好而進行修改？」

「學校的一切決定都是為了學生好！」

把話說出口之後，我發現自己沒有想像中的那麼不濟，思路也越來越清晰，於是我馬上又說道：「好與不好，應該是由家庭成員之一的學生自己判斷。」

「破壞運動會？搗亂考試？讓學生會的幹部被除名？難道你們的行動、你們的想法，就是代表你們所認為的好？」張鉚皺起眉頭。

「我們破壞的是不屬於學生的運動會，搗亂的僅是不合時的考試，學生會幹部被除名只因她們行事不擇手段。」我頓了一頓，再說道：「但我明白，這些都不是學生所認為的好，如果是好的話，運動會就不會只有一小部分人能享受，考試不會有人用小抄，大帥也不會被判為失格。所以我們的行為雖然是不好的，但是行為背後作為推動的理念卻是好的！」

張鉚似乎是真怒了，「強詞奪理！」

「思想僵化。」而我卻是前所未有的冷靜。

張鉚瞪著我，這種氣憤模樣的中分頭男生，我真的是第一次見到。因此就算是把他罵得血氣上湧，我還是要說：「想知道什麼才是學生認為的好，今天請別來搗亂，我們會讓你見識到的。」

「呵。」張鉚似乎已經平靜了下來，冷笑了一聲，沒有回應，轉身離開。

良久，不知何時出現的李靜拍著手走到我面前，還有官冰蕙和蜘蛛。

「好厲害的說！」李靜用拳頭打在我的肩膀上——這種不知由哪套電視劇學到的所謂對男生的打招呼方式。

還好，這是李靜控制下的出力，肩胛骨僅僅有裂開的感覺，但至少沒有把我一擊打到牆上。以李靜的拳頭來說，這是十分難得的事。

「大姆指，盛遠是合格的代理大帥。」

我搔著頭，突然被稱讚，總讓我有種不自在的感覺，大概在這方面我跟李靜以及蜘蛛也一樣。

但總有人是不合群的——

「好了，在徐曲她們來之前，快來對一次裡劇本。」官冰蕙像管家一樣說道。

我們三人馬上應道：「是（的說）。」

戰爭本部的裡劇本，我們大概練到十一點左右。這時徐曲和徐詩兩姐妹也回來了，因此又再換成普通的《小王子》劇本。

時間一點一滴的過去，終於到了我們表演的時刻！

▼ Chapter.9 ▼

再見我們的大帥閣下

「所有大人在成為大人之前，都是小孩！」

旁白官冰蕙為《小王子》舞臺劇盛大地拉開了序幕。

所有觀眾見到的第一個人不是小王子徐曲，而是我這個墜機的飛行員江盛遠。

現在的我坐在舞臺的地板上，穿著機師的皮衣，一邊搔頭，一臉苦惱的樣子。

就如彩排那樣，小王子徐曲靜悄悄地出現在我的後方，輕輕拍了一下我的肩膀，並提出一個奇怪的要求——要我畫一隻羊給她。

接下來是長達三分鐘我跟小王子徐曲間的互動，也是表劇本和裡劇本唯一相同的地方。

平靜的三分鐘，很快就過去，在我這句對白之後，就是戰爭本部經歷了七代，第一次進行內部變革的開端——

「就這樣，我認識了小王子。」

旁白官冰蕙語畢，劇幕在掌聲中落下……

我拍了拍大腿，對正在想把背景搬出來的徐曲說道：「對不起，我們要做一些任性的事，希望妳會原諒我。」

「哎？」徐曲十分疑惑地瞪大了眼睛。

只是我們戰爭本部並沒有給她反應的時間。

「抓住，小曲不要反抗。」

一瞬間，關節技的專家蜘蛛已經欺身上前將徐曲的雙手控制住，然後交由李靜看管。

這熟練的動作，如果是不清楚的外人，一定會誤會這兩個傢伙是經常合作打劫的極邪惡犯罪者。

至於在後臺的徐詩？

我看了一眼後臺往儲藏室的通道，早在舞臺劇開場時，她就已經被李靜和蜘蛛這對爬行者與武士的組合制伏，而且兩人還十分惡意的把她捆了起來。

「彈額，別浪費時間，快去換衣服！」早已經換好了戲服的蜘蛛把背景移到了臺中心。

「好的，不過那個……軍師沒阻止妳們捆起她嗎？」在官冰蕙拉開劇幕之前，我指了指現在被李靜看守著的徐氏兩姐妹，向蜘蛛問道。

「搖頭，是軍師吩咐的。」

這次官冰蕙是動真格了吧？

現實不容我多想，我馬上跑回後臺，因為劇幕再次開啟……

我猜現在臺下的觀眾都很好奇。

因為出現在所有人眼前的不再是徐曲所演的可愛小王子，而是蒙著臉的威嚴國王；背景不是小王子的小型星球，而是一所跟多蘭高中相似的學校。國王蜘蛛沒有穿上白底黑花的毛皮大禮服，而是一套校長經常穿著的正式西裝。

奇怪的人，奇怪的場景。應該要出場的小王子並沒有出場，旁白失蹤……一連串的變故讓臺下觀眾沒有人說話。整個禮堂陷入輕微混亂，臺下眾人七嘴八舌地討論著。

這一刻，我可以肯定，張鉚一定已經組織起學生會成員來阻止我們。

李靜雖然很強，但是她不能對徐曲她們兩人還有學生會的人下狠手，再加上不只學生會的人，連老師也會很快趕到，所以……留給我們的時間真的已經不多。

這一分鐘的靜默是官冰蕙劇本中的靈魂，因為要讓所有人知道，我們已經不再是在演他們認為的劇本。

演國王的蜘蛛輕咳了一聲，觀眾們頓時停下了交談，變成了不會鳴泣的寒蟬，全都靜了下來。

「大笑，我是國王蜘蛛。」

國王蜘蛛那背誦似的反高潮說話方式，在臺下引起了一陣哄笑。

「自信，我是這所學校的主人，也是宇宙的主人。」

臺下笑聲漸止。

「冷笑，你們這些臣民，是不是好奇小王子在哪？」

臺下觀眾議論紛紛。

「自信，這裡已經沒有不聽命令的小王子了！」

國王蜘蛛搖頭，然後轉身一指身後的學校，再拉出一個近一公尺高，由李靜親手打造的小王子造型紙板——小王子被換上校服，而且手和腳都被一條條寫著校規的帶子束縛住，就像個囚犯一樣。

「輕笑，小王子來到我的星球後，我命令他去上學，因為一個小孩子不上學是錯誤的！」

雖然臺下大多是學生，但也有一定數量的老師。我可以感覺到，他們已看出我們這部劇本的用心，更有老師由觀眾席上急步離開。

我又瞄了一眼後臺那邊，張鉚的行動很快，李靜正用身體硬頂著門，而控制室的官冰蕙更是把桌子和椅子移到通道上，阻止試圖突破的學生會成員……

希望她們可以攔下來，直至我們的劇本完成。

「皺眉，小王子他說自己要去旅行？呵，他是我的臣民，我命令他上學是為了他好，所以他必須上學！」

國王蜘蛛的言詞變得激烈，臺下開始出現了一些反響——

「這什麼道理？小王子就是要去旅行才可以！」

「無視，我是國王蜘蛛，小王子是臣民，你也是臣民，為了他好，為了你好，我的命令所有人都必須服從！」

國王蜘蛛這句霸道的話一出，臺下馬上出現更多反響——

「憑什要聽國王的話？」

「又不是國●遊戲！」

「快把可愛的小王子還回來！」

叫囂的大多都是學生，而且還是來參加校慶的他校學生，而大多數的家長和老師僅是靜靜地看著。

太零星又太單調了！這樣的反應可不行，因此——

「不是的！我們不需要服從！」

沒錯，我所扮演的角色在這個時候出場。

國王蜘蛛指著我，「呵，又來了一個臣民。」

在設定上，我雖然是墜機的飛行員「武士王」，不過不是一般的飛行員，而是太空船的飛行員。會換掉衣服的原因，是設定在穿越宇宙時需要穿上武士王的 cosplay 盔甲……

總之，就是有各式各樣的奇怪理由，要我這個飛行員盛遠前來拯救失陷在這顆星球上的小王子。

儘管 cosplay 有點不太正經，不過我還是帥氣的大喝一聲：「我不會服從，專制不代表正確，你的規則已經不合時宜！」

「歪頭，不合時宜？」

「沒錯，以前的那一套已經過時了！」

被呵責的國王蜘蛛，一擺手直指著我，「質疑，如果我叫一位將軍變成一隻海鳥，那也叫專制嗎？我命令你回答我這個問題。」

「將軍是人，不能變成海鳥，所以他不服從命令並不是罪！」

國王蜘蛛在疑惑過後，再次語氣肯定的說：「否定，我的命令如果將軍不遵守，那他就是犯了罪！」

「命令不正確，就不需要遵守！」

「冷笑，任何臣民都要遵守我的命令——」

「咚！」

突然間，在我們上方的劇幕開始徐徐落下。

守在控制室的官冰蕙被突破……

「什麼事？」

「是壞了嗎？」

本來很投入的觀眾，被這突如其來的劇幕嚇到。我在心裡嘆了口氣，差不多就只能演到這裡。後臺那邊的李靜，應該也被制伏了吧？

果然，我看到李靜被已鬆綁的徐詩和三、四個女生同時抓住。

而在臺上的我和蜘蛛，學生會不敢動，因為臺下還有觀眾看著。但時間不會太久，在劇幕完全降下來之後他們就會過來，那時我們只能絕望地離開。

「舉手，所有人都要服從！」

國王蜘蛛大喝一聲，因不甘而緊握拳頭，大步走向前，然後雙手高舉，試圖頂住落下來的劇幕，回頭看了我一眼，國王蜘蛛的眼神像是在問：就這樣放棄嗎？

我深吸了一口氣，再搖頭，回答：「我不放棄。」

得到我的回答，國王蜘蛛再面向觀眾，用盡力量的大叫——

「咆哮！我國王蜘蛛是學校的主宰，我為了讓學生有更好的將來，下命令收回他們在社團的時間，不及格的人只可以溫習功課；我為了讓運動會看起來更盛大，下命令每一個人都要參加，不理會任何人的感受；我為了讓學校方便管理，下命令讓隨機分配成為定律，不需要學生有自己的個性；我為了自己的權威，下命令學生會打壓反對的聲音，不容許有任何建議；我為了……」

這一刻，我也走到國王蜘蛛的旁邊，分擔下沉中的重逾千斤的劇幕，讓國王蜘蛛可以繼續說出已經跳了很多段，連我也接不上的臺詞。

「感嘆，我為了自己的臣民，下了這麼多命令之後，現在你才告訴我，原來那些都是讓將軍變成海鳥的命令？」

劇幕很重，讓我發不了聲音說出接下來的臺詞……可惡！

正當我想要像蜘蛛那般大叫時，國王蜘蛛一改反高潮的背誦方式，手一揮，轉向臺下。

「咬牙切齒，我命令你們這些臺下坐著的老師、同學、家長、嘉賓，回答我國王蜘蛛的提問！」

臺下這時更沉靜得只能聽到呼吸聲，他們似乎都被這句質問嚇呆了，沒有一個人回應。

如果我可以像李靜那般力大無窮就好，因為我已經快支撐不下去了，這劇幕根本不是兩個未成年人能支撐得住的……

「我回答吧！」

突然間，臺下有一個人站了起來。那人的個子有點矮小，穿著不太起眼的校服，及肩的頭髮上有著我熟悉的逆「卍」字髮夾，而她……還流著淚。

這個人不是別人，正是我們的大帥！

「國王蜘蛛，你的命令不是為了我們好，而是為了你自己所認為的好！」

張玲一步一步走出觀眾席，有老師和學生會的成員試圖攔阻她，但是「武士王」和「紙箱怪人」的小弟們卻為張玲擋出了一條通往臺上的道路。

那些久違了的兄弟，曾經一起戰鬥過的同袍，一定是因為我身上武士王的cosplay服裝，讓他們回想起那時一同抗爭的歲月……難怪官冰蕙堅持要我穿著這身行頭。

國王蜘蛛在學生會成員還未過來之前，把張玲拉到臺上。

「大……帥。」

「喘氣，大帥。」

張玲對我們點了點頭，又轉過身，向臺下的人大聲宣告：「我們是學生，不是傀儡，不需要有人在上方幫我們拉線；我們是學生，不是火車，不需要在前方鋪排軌道！」

我知道，這一場舞臺劇，還有延續了七代、一直在黑暗面的戰爭本部，在這個時候將要終結。

張玲深吸了一口氣，向所有人承認：「我們是『戰爭本部』，一個隱藏在黑暗的社團，目標是為了讓學生們的自由意志不被約束。」

臺下不論是學生還是老師，甚至是家長也開始出現騷亂，因為這裡大部分的人都聽過我們這個神秘組織的名字。

「我們之前的確是做了不少壞事，亦進行了很多喪心病狂的行動，更是名副其實破壞秩序的人。」

這一刻，我看到有家長和學生皺起眉頭。

「我們是反抗學校的壞人，因為害怕而隱藏在暗處。」

我看到，有老師在點頭認同這一句話。

「可是現在我們不害怕了，戰爭本部不怕學校或是學生會，只要我們問心無愧！」

我看到又聽到，武士王的小弟們在振臂高呼。

張玲一擺手——我們狂氣又霸道的戰爭本部大帥回來了！

「我知道這一次，我們一定會被打上標籤，甚至會被退學，可是……那又如何？我們因此退了下來，但我們為了大義！」

……又如何？

其實被退學沒什麼大不了，我們的犧牲不會沒有價值，只要能喚醒那些被壓制的自由！沒錯！這就是我現在的想法！

「引用我最尊敬的人的一句話。」

張玲說話彷彿帶有魔力，大帥的威嚴讓舞臺下不管是反對還是贊同她的人，都一一靜了下來。

張玲吸了一口氣，高舉起緊握著的右手，用盡生命力量般的大吼——

「我——維持自己心中的正義，即使在最困難的時候，也不會說迫不得已；即使在最絕望的時候，也不讓自己後悔；即使在支離破碎的時候，依然相信自己的同伴，那才是戰爭本部的大帥！」

全場鴉雀無聲。

因為我們做出了他們有能力做出，卻無法做出的事。

「好了，現在我向學校自首，所有的事都是由我一個人策劃和煽動。」張玲高舉雙手，也讓所有參與的人投降，「盛遠你也不用再硬頂著，你們的大帥已經回來了。」

「嗯！」

這一次的表演並不完滿，更可以說是完全失敗。不過蜘蛛和我都笑了，大概李靜和官冰蕙也一樣。

是失敗了。

不過我們從一開始就知道失敗的結局，因為這是一場求敗的戰鬥。

失敗，也要讓所有人都看到，我們戰爭本部為了大義而不屈的驕傲！

「拉，盛子已經累了嗎？」蜘蛛馬上來過扶著我。

「也不是……」我看了一眼沒有任何動靜、似乎還被震撼著的臺下觀眾，而來抓捕我們的學生會成員，現在已經快到達我的旁邊。

真的要輸？

並沒有。因為我忘記了一件事，有一個人……不對，是有一對母子，不會這麼輕易讓別人把她的兒子以及她兒子的朋友帶走！

「所有人全都給老娘住手，聽到沒！」

……那是我十分激昂的媽媽。她站了起來，本來有點瘦削的她，身形似乎高大了起來。

「別亂動手！警告你們，我是律師！」

還有不知道為什麼會出現在這裡的爸爸。而我的弟弟正在對上來抓捕我們的學生會成員吐舌頭做鬼臉。

「小遠，加油！不要放棄！」

官家的三姑六婆連帶官伯父和伯母也出現來湊這場熱鬧。

「小玲，做得好！」

這是和尚頭前大帥和他一起研究物理的快樂伙伴。

要是現在再出現黑色號的喵叫就真是完美了……

當然，那是不可能的。

最終，我們在掌聲中走下了舞臺，但並不是被人押著下舞臺。至少學校在這麼多人的注視下，絕不會笨得在臺上就對我們動刀、馬上宣布懲罰。

但我知道，懲罰是一定存在的，因為我們做了破壞規則的事。

雖然我們的表現得到了不少支持，只是卻也難以抵銷破壞學校形象這個重大問題。經過學校高層以及學生會會長等人半個小時的商討，懲罰為即日起停課直至另行通知為止。

「盛遠很帥氣，早知道媽媽就帶牌子來舉！」

媽媽他們在校門處等著，為我們打氣。

這是媽媽對我的支持吧？之前還覺得有點土，不過現在感覺有一個看起來瘋狂的後母，似乎也不錯。

除了我有家人支持外，官伯父也抓住了官冰蕙，似乎是在說教什麼，不過看他那一臉嚴肅中帶著自豪的樣子，應該是在得意吧？果然這對父女都有著重度傲嬌屬性。

接下來，我們幾人離開了學校。張玲更是大方的提供自家大宅作為派對場地，所以我們又前往她家開派對了……

我完全不知道全體停課為什麼要開派對！

「因為可以不用顧忌有沒有完成功課！」張玲大言不慚地說道。

「大帥不是一直都不交功課的說？」黑心天然呆李靜馬上把張玲的謊言揭穿。

「怎樣都好！快去買東西吧！」張玲高聲地命令我們，試圖糊弄過去。

「哦。」

因為我上次的懲罰還未完結，所以同樣要由我去買派對用品和食物。張玲手上有著很多我的「痛腳」，我自然是不能拒絕。可是我也不笨，馬上把李靜這傢伙拉走當助手。

本來我是想不到會有什麼問題發生，可是這天地自始至終都似乎在討厭著我……

正當我推著購物車，在李靜身後選著食品的時候，身後突然傳來了幾聲像是在呼喚我的聲音。

「噓噓——盛遠——」

我轉過頭，在巧克力山後發現了形跡可疑的官冰蕙……果然跟沙菲娜是青梅竹馬……

話說，官冰蕙什麼時候改行當忍者的？

以官冰蕙奇低的警覺性，當忍者絕對就是替別人送菜。只不過李靜今天似乎很高興，並沒有察覺到我的離開。

「什麼事？」我向官冰蕙問道。

「那個……那個……」

說句話都吞吞吐吐的，真是讓人不爽，這還是一直勢氣凌人的官冰蕙、官大軍師嗎？

「自己跟過來又不幫忙，到底是在幹什麼？妳有話就快說！」我瞄了一眼旁邊，本來在貨架那邊的小矮人李靜已經不見，心裡有點不安，要是她走失了怎麼辦……

不對，李靜才不可能會走失，我應該擔心她會不會不小心把路人打傷才是。

「別這麼大聲……」官冰蕙臉紅了起來，這種樣子很久未見，惱羞又委屈似的，真是過分可愛。

「好了、好了，是什麼事？」

雖然我跟官冰蕙之間沒什麼，不過現在總有背著偷情的不安感。

「剛剛結束表演之後，爸爸不是跟我在說話嘛……那個他說既然都被停課了，那不如好好去散心一下，玩完再回來，大概就停完課了……嗯、接著他就塞了這個給我……」說著的同時，官冰蕙把兩張像是兌換券的東西遞了過來。

三天兩夜溫泉旅館招待券。

「等等……這是什麼意思？」我瞪大了眼睛，吞了一下口水，「不會是讓我……我、我跟妳一起去吧？」

官冰蕙再次別過臉頭，「……就是這樣。」

「也、也不一定要跟我一起去吧？」我仔細地看招待券上的文字介紹……想不到，是把我和官冰蕙的名字印了上去的招待券，因此能使用的只有我們兩人。

官冰蕙又望了我一眼，開始顧左右而言他，詞不達意地說道：「你也看到上面有我們的名字，雖然我個人是萬分不想跟你一起去，不過……這是爸爸給的嘛，那也沒有辦法。先給你看看，其實我是——」

「那就不去好了。」看到官冰蕙這麼委屈，我認真地說道。

「為什麼不去！」官冰蕙突然大叫了起來。

「啊……？」

「都、都已經有招待券了，還還、還不去一次嗎？」

官冰蕙給我的感覺是怕自己一個人到陌生的地方，所以想要別人陪伴，而且我肯定如果我現在拒絕官冰蕙，她一定會哭……不對，現在似乎已經有淚水在眼珠子裡打轉了。

「我說笑的啦～」

官冰蕙嘟嘴，「真的？」

「嗯。」

「真是真的？」

「對啊，真的一起去。」

我點頭說著的同時，突然出現一陣心悸的感覺，就像是有怪物在我身邊監視……不對，這種感覺是、是──是被李靜盯上！

「你們兩人鬼鬼祟祟說要去哪的說？」

果然是李靜的怪獸氣場……

「沒有。」我一口回絕。

「去哪的說？」李靜瞪著官冰蕙。

「真真真的、沒沒、沒有什麼啊──哈哈──啊哈哈──」

智商自稱有一百八十的官冰蕙，比起李靜這個智商為負數的人更不會掩飾自己，這下連話都說不清晰了。

應變能力跟情商有關而跟智商無關的事實，在這一刻我終於明白了！

「是這個的說？」李靜說著的同時，已經動手把本來在我手中的溫泉旅館招待券奪走，再快速地掃了幾眼。

李靜本來不滿的樣子，卻變得語氣異常平靜，「招待券的說？」

官冰蕙像石化了一樣，如果有個地洞可以鑽，她現在應該馬上就會鑽進去；如果有面具，她一定會立刻戴上。

如果讓官冰蕙來解釋，只會爆出更大的問題，所以還是由我自己來說比較好。

「那個之前不是跟妳說過嗎？」儘管我也不明白自己為什麼會害怕李靜誤會我跟官冰蕙是圖謀什麼，可是現在不解除李靜的誤解，我絕對會被痛揍一頓！

「之前……的說？」

「嗯，之前不是說我假裝官冰蕙的男朋友嗎？」

李靜點了點頭，不過臉上看起來很不爽，她嘟著嘴說道：「知道，不過這又有什麼關係的說？」

「這是官冰蕙給我的回禮。」因為這的確是回禮，所以我並沒有在說謊。

「原來是回禮的說。」李靜臉上的表情由陰轉晴，但馬上又想起了什麼，皺起眉頭向我問道：「但也不用兩人……兩人孤男寡女結伴去的說。」

如果在正常人的眼中，這話十分在理，可是李靜不知道官冰蕙的父親是誰，也不知道官冰蕙的難言之隱，因此李靜自然而然地流露出失望的表情。

可惡，這讓我也糾結起來……

戰爭本部的所有人都在停課的處分時，就只有我和官冰蕙可以去玩，這似乎並不太好。

「只有兩個人好像不太好吧？」我望了一眼官冰蕙。

官冰蕙明白我的意思，嘆了口氣，「可以的話，就戰爭本部所有人一起去吧。」

李靜驚喜地瞪大了眼睛，望了我一眼，又望了官冰蕙一眼，小心翼翼地問道：「真的可以的說？」

「嗯。」官冰蕙點了點頭。

對比起聽到這句話而興奮的李靜，我覺得官冰蕙似乎十分失落。

「那就這麼定了！」

看到李靜的笑臉，就算要我在女僕速食店做一個星期的盛子，也要把所有人的旅費籌備好……等等，這絕對不可能！有這種想法的我，一定是被李靜的迴旋踢踢壞腦袋了！

「快點把食物買完，回去向大帥她們報告的說。」李靜幹勁十足。

▼ END ▼

盛子和盛遠

派對在八點左右結束。

原因？

張玲不知是因為手誤還是故意，總之她把家裡的紅酒當成了碳酸飲料，混了可樂倒滿了一大杯給我們，然後酒力奇淺的李靜、張玲和官冰蕙三人像發了瘋似的大唱大叫，還把食物當炸彈亂丟，更把房間裡的枕頭丟來丟去，將本來整齊的房間搞得亂七八糟。還好她們三人很快就消停，支撐不了一會就倒在床上打呼嚕。

雖然這裡不是我的家，不過我還是幫忙清潔環境。除了我之外，蜘蛛也很精明的沒有喝張玲倒的飲料，所以現在跟我一起收拾派對後產生的垃圾。

我一邊把盤子上吃剩下來的食物倒進垃圾袋，一邊向旁邊的蜘蛛叫道：「蜘蛛。」

「抬頭，怎麼了？」

「那個、那個我們到外面聊一下？」面對蜘蛛時，總有點弱了氣勢的我，試著問道。

蜘蛛沒有猶豫就點了點頭，似乎知道我想要說些什麼一樣。

接著，我們拿著大包小包的垃圾交了給那些在張玲家裡的女傭，然後就來到那個有足球場大的花園，坐到一處涼亭裡。

「之前……不是說要我選擇嗎？」

蜘蛛遲疑了一會，才點了點頭。

我吞了一口水，有點怯怯地說道：「我現在做不出什麼選擇……」

蜘蛛看著我。

說到這裡，我就不再膽怯，吸了一口氣，認真地說道：「如果由我來選擇的話，現在我只會選擇戰爭本部！」

蜘蛛別過頭，輕輕地笑了一聲，然後站了起來。

「肯定，你現在是盛遠，不是喬裝了的盛子，所以……不需要聽我的話。」

「哎、哎哎？」我愣了一下，沒能反應過來。

「微笑，一起去溫泉旅行也不錯啊～」蜘蛛背著手走出涼亭，要是再加上草帽的話，這動作真像個隱世高手。

「哦……不過，雖然是決定了，但還是沒經費……」

「放心，盛子工作一個星期就有了，身為前代理店長的我明天就幫她排班。」蜘蛛認真地說著我假裝聽不懂的話。

「等等……」

「揮手，我先回去把她們叫醒。」

「什麼？不是說我不是盛子了嗎？現在是什麼情況？蜘蛛別給我消失！快出來面對！」

我大叫著，可是本在我面前站著的忍者，不知不覺間就從我的眼前如同沒有存在過一樣的消失了。

「可惡！」

雖然可惡，但是心裡卻沒有多少不爽，反而有種被同伴信賴的感覺……

我大概如張玲說的那樣，可能是抖Ｍ體質的擁有者也說不定。

《戰鬥吧！校園戰爭本部03代理大帥的勝利宣言！》完

▼ Another ▼

新戰鬥與新危機！

多蘭高中，在以前這是一所校風十分嚴格的高中，他們有著數條校規規範著學生的一舉一動。

不過，這已經成了歷史。

在半年之前，一場被稱「維持自己心中正義」的演說，成為學生起義反抗以及家長搖旗支持的開端。學生代表戰爭本部的成員跟學校代表的老師、學生會，雙方進行了不止一次的談判。

長達三個星期的抗爭運動，最後落幕。

多蘭高中終於變得跟以前不一樣。校方承諾，在大部分有關學生的行政事務上，會讓學生參與，也會檢討校規，更會把現在的學生會解散重組，張鉚會由學生會會長一職退下來。

看起來是革命成功……

但，事實真的如此嗎？

◆◎◆※◆※◆◎◆

「目標已確定，他正站在車站前的咖啡廳門外，那個……我們這樣做會不會不太好？」

一個頭上戴著漁夫帽，用黑色太陽眼鏡遮住眼睛，留著一頭長捲髮、穿著高中水手服的嬌小女生，正鬼鬼祟祟地躲在一根柱子後。

「冷笑，沒有好不好，既然對方用下三濫的手段來通過這次的修改，難道我們就要裝作不知道？」

「但、但大帥那邊……」

「嘿嘿嘿——不用擔心，這次行動的指揮是前大帥我，你們那個大帥就算是再活兩百八十年也不是我的對手。」

嬌小女生一驚，對著對講機結巴地問道：「前前、前大帥？」

「沒錯，所以放膽去做。」

「知道了，前大帥！」

只是這位嬌小女生的一舉一動已經收在另外兩個人的眼底裡。

「本以為張玲鬼鬼祟祟從自修室跑出來是為了什麼，原來是被蜘蛛叫來做這事……」說話的女生留有一頭黑色長髮，手中的折扇輕輕抵在下巴，歪頭向旁邊的短髮男生問道：「所以你這個智商是負數的傢伙，把我找來就是要阻止蜘蛛和你現任的手下正在進行的這一件，對戰爭本部有極大好處的事發生？」

「唔……雖然我的智商不是負數，不過我的確要阻止，而且對手比妳想像中要多。」短髮男生搖了搖頭。

「哦？」

「多蘭高中已經不再是以前的一對一跟學生會單挑，而是一個多方混戰的戰國時代！」

短髮男生不屑地碎了一口，「所以妳還是別以為自己很懂——」

「呵呵，我是引退了，不過別忘了——」黑長髮女生把折扇「啪」的一聲打在短髮男生的頭上，自信地說道：「要是你可以自己處理，就不會找我這個應考生出手吧？」

短髮男生遲疑了一下，發現這時的確不是嘴硬的時候，只好點了點頭，「是的，這次還是拜託官冰蕙妳，請在不要讓新修改的校規通過的情況下，阻止蜘蛛和大帥再禍害新入學的學生！」

「盛遠，我們有多少人？」

江盛遠苦笑，再伸出兩根手指說道：「兩個，再加上妳是三個。」

「還以為徐曲是你的間諜，可惜了。」官冰蕙撇了一下嘴，然後按下了手機撥通了一個號碼……

「軍師嗎？已經在目標附近，請快下令的說！」

江盛遠詫異地看著官冰蕙。

而早有計畫的官冰蕙則把折扇輕輕拍到江盛遠呆傻的蠢臉上，向李靜下達了指令：「代號『反抗洗腦直接俘虜』行動，開始！」

突然間，在目標的旁邊閃出蒙著臉的長短雙馬尾李靜，她二話不說瞬間攔腰抱起目標，在目標沒來得及大叫的時候，已經由街角閃走……

「哎哎、哎？等等，這不是……不對……」

「嘿嘿嘿——」

「我說，你會不會太天真了？以為我不會先說服冰蕙嗎？」

突然間，一陣笑聲傳進江盛遠的耳中，他轉過頭。

「但但但——」江盛遠指著出現在身後的張玲和蜘蛛，以及把漁夫帽和太陽眼鏡摘了下來的徐曲。

「第八代目，江大帥。」張玲指著江盛遠，氣勢十足地說道：「現在是多方戰鬥沒錯，不過如果是用食物和禮物來影響新入學的學生，我們也不應該忍耐，而是——以蠻制蠻！」

蜘蛛同意道：「點頭，沒錯！」

江盛遠望了一眼前任和現任的戰爭本部成員，嘆了口氣，擺手道：「好吧，反正我不爽他們很久了……」

「所以？」徐曲瞇起了眼睛。

江盛遠吸了一口氣，在官冰蕙和張玲的微笑肯定中點了點頭，說道：「『反抗洗腦直接俘虜』行動——我批准了！」

番外篇《新戰鬥與新危機！》完

《戰鬥吧！校園戰爭本部》全套三集，全國各大書店、網路書店、租書店強力熱賣中！

後記

向其他作者問了一下後記要怎麼寫，之後又看了別人的後記，加上編輯的建議，所以就寫出了這一篇後記。

大家似乎都是最後才開始感謝，所以我要反其道而行！

感謝不思議工作室的編輯們。你們應付我這個經常製造麻煩的傢伙，辛苦你們了。

感謝歐歐 MIN 老師，每一個人物都很傳神，尤其小靜真的超可愛！

感謝我的朋友……嗯、還是叫同伴吧～大帥、行次郎、兌大、K大、佐為殿下、BOSS。

在我剛剛接觸寫文的時候，你們教了我不少東西，又給了我不少幫助。

感謝買這本小說的讀者，希望你們會喜歡戰爭本部。

最後是我的搭檔……嗯，容忍這樣的我，你辛苦了，之後也要一起加油！

感謝完了，雖然還想感謝家人，不過這似乎有點太土包子，而且場下的工作人員已經在劃圈，所以只好收到書的時候直接用語言對他們說吧！:D

我又再參考了一下其他人的後記，發現接下來應該是直抒胸臆或是推銷的環節。

不過想了想，還是算了吧～

把傷口拉開，大家可能會生出同情，不過這根本無法止痛，痛的還是痛；把快樂分享，大家可能會覺得造作和虛偽，太在意反而失去本來的心情。

至於推銷，現在還不太懂，正在學習中。

所以，現在到底要寫些什麼呢？

還是來分享戰爭本部出現的原因。其實那是來自新聞報導。那時我正好看到有關一群大學生爭取著什麼東東。

當時我對電視畫面上那群完全不懂禮貌，看著有人倒地還在喊口號的學生，一點好感都沒有。

不管爭什麼，對事不對人這道理，不懂嗎？

因此開始想寫一個這樣的故事，不過後來發現明著爭取太普通，所以就換成一個暗地裡胡作非為的邪惡組織。

他們是大家眼裡的反派，但又是為了大家爭取的抗爭者。身分矛盾的他們，正是我想寫的戰爭本部。

《戰鬥吧！校園戰爭本部》角色中，我最喜歡哪個？

雖然我把小靜當成女兒，不過拋開了感性，理智上最喜歡的其實是盛遠。

江盛遠在家裡是個好大哥、可靠的好兒子。他會照顧弟弟，會幫忙做家務，雖然話裡對媽媽和弟弟不爽，不過他其實很重視家人。

江盛遠在學校裡是個好漢子、熱血的後輩。他會因為義理而出手幫助他人，會在事情變得糟糕時站出來善後。

大多數人覺得他是笨蛋。

不過我認為他是老實人，因為老實人在大部分人的眼中就是笨蛋。即使在現實裡不行，但我也要在想像的世界裡幫助他們。

至於要問我小靜跟盛遠之間的關係？有一句話，男女間的關係有多好，就得看女人下手的輕重和男人的容忍限度。

嘿嘿嘿！

是說，我之後要寫什麼樣的故事……

老實說我自己也不知道，大概還是會寫笨蛋愚蠢地做傻事的故事。

對比起成熟的人可以為了理想而卑賤地活著，我這個不成熟的，喜歡那些為了理想而英勇地去死的故事。

大帥：嘿嘿嘿，萊茵原來你也有成為戰爭本部一員的潛力啊～

萊茵@千人　二〇一六年五月

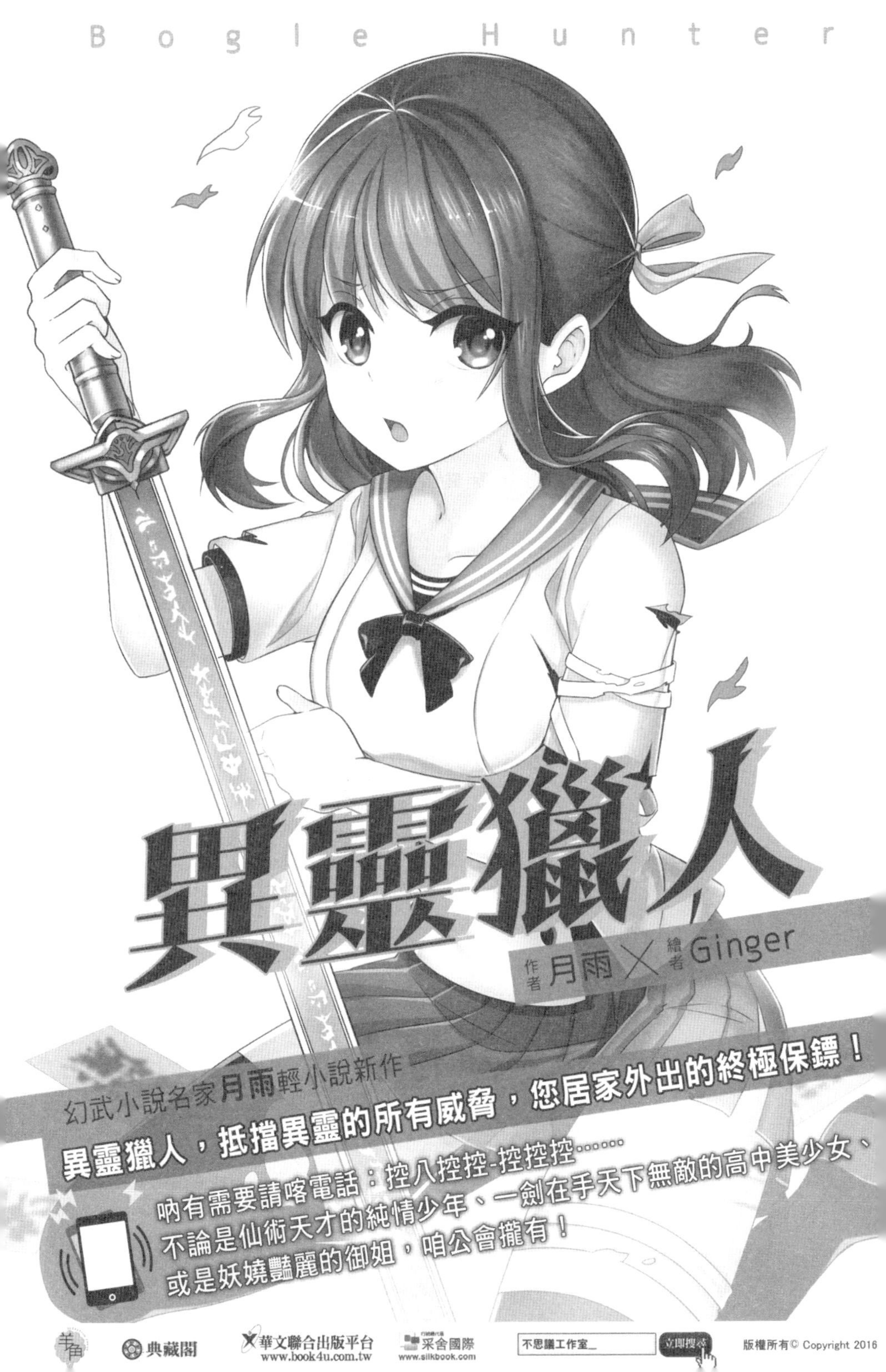

Bogle Hunter

異靈獵人

作者 月雨 × 繪者 Ginger

幻武小說名家月雨輕小說新作

異靈獵人，抵擋異靈的所有威脅，您居家外出的終極保鑣！

吶有需要請喀電話：控八控控-控控控……

不論是仙術天才的純情少年、一劍在手天下無敵的高中美少女、

或是妖嬈豔麗的御姐，咱公會攏有！

羊角系列 024

戰鬥吧！校園戰爭本部 03（完）

代理大師的勝利宣言！

出版者■典藏閣
作　者■萊茵@千人　繪　者■歐歐 MIN
總編輯■歐綾纖
製作團隊■不思議工作室
郵撥帳號■50017206 采舍國際有限公司（郵撥購買，請另付一成郵資）
台灣出版中心■新北市中和區中山路 2 段 366 巷 10 號 10 樓
電　話■(02) 2248-7896　傳　真■(02) 2248-7758
物流中心■新北市中和區中山路 2 段 366 巷 10 號 3 樓
電　話■(02) 8245-8786　傳　真■(02) 8245-8718
ISBN■978-986-271-692-2
出版日期■2016 年 7 月

全球華文國際市場總代理／采舍國際
地　址■新北市中和區中山路 2 段 366 巷 10 號 3 樓
電　話■(02) 8245-8786　傳　真■(02) 8245-8718

新絲路網路書店
地　址■新北市中和區中山路 2 段 366 巷 10 號 10 樓
網　址■www.silkbook.com
電　話■(02) 8245-9896
傳　真■(02) 8245-8819

線上總代理：全球華文聯合出版平台
主題討論區：http://www.silkbook.com/bookclub ◎新絲路讀書會
紙本書平台：http://www.silkbook.com ◎新絲路網路書店
瀏覽電子書：http://www.book4u.com.tw ◎華文電子書中心
電子書下載：http://www.book4u.com.tw ◎電子書中心（Acrobat Reader）

☛您在什麼地方購買本書？☚

1. 便利商店（＿＿＿＿＿市／縣）：☐7-11　☐全家　☐萊爾富　☐其他＿＿＿＿＿＿＿＿

2. 網路書店：☐新絲路　☐博客來　☐金石堂　☐其他＿＿＿＿＿＿＿

3. 書店（＿＿＿＿＿市／縣）：☐金石堂　☐蛙蛙書店　☐安利美特animate　☐其他＿＿＿

姓名：＿＿＿＿＿＿地址：＿＿＿＿＿＿＿＿＿＿＿＿＿＿＿＿＿＿＿＿＿＿＿＿＿＿＿＿＿＿

聯絡電話：＿＿＿＿＿＿＿＿＿　電子郵箱：＿＿＿＿＿＿＿＿＿＿＿＿＿＿＿＿＿＿＿＿＿＿

您的性別：☐男　☐女　　您的生日：西元＿＿＿＿＿＿年＿＿＿＿＿＿月＿＿＿＿＿＿日

（請務必填妥基本資料，以利贈品寄送）

您的職業：☐上班族　☐學生　☐服務業　☐軍警公教　☐資訊業　☐娛樂相關產業
☐自由業　☐其他＿＿＿＿＿＿＿

您的學歷：☐高中（含高中以下）　☐專科、大學　☐研究所以上

☛購買前☚

您從何處得知本書：☐逛書店　☐網路廣告（網站：＿＿＿＿＿＿＿＿）　☐親友介紹
（可複選）　☐出版書訊　☐銷售人員推薦　☐其他＿＿＿＿＿＿＿＿＿＿＿＿

本書吸引您的原因：☐書名很好　☐封面精美　☐書腰文字　☐封底文字　☐欣賞作家
（可複選）　☐喜歡畫家　☐價格合理　☐題材有趣　☐廣告印象深刻
☐其他＿＿＿＿＿＿＿＿＿＿＿＿

☛購買後☚

您滿意的部份：☐書名　☐封面　☐故事內容　☐版面編排　☐價格　☐贈品
（可複選）　☐其他

不滿意的部份：☐書名　☐封面　☐故事內容　☐版面編排　☐價格　☐贈品
（可複選）　☐其他

您對本書以及典藏閣的建議＿＿＿＿＿＿＿＿＿＿＿＿＿＿＿＿＿＿＿＿＿＿＿＿＿＿＿＿＿

＿＿＿

＿＿＿

✌未來您是否願意收到相關書訊？☐是　☐否

✎**感謝您寶貴的意見**✎

印刷品

請貼
3.5元
郵票

235 新北市中和區中山路二段366巷10號10樓

華文網出版集團　收

（典藏閣－不思議工作室）

萊茵@千人 NOVEL X 歐歐MIN ILLUST